dtv

In England sind P.G. Wodehouse und sein Held Jeeves wenn nicht schon Kult, so doch fester Bestandteil der Populärkultur. In Deutschland wird dieser Autor gerade wieder entdeckt und mit ihm die unvergleichlichen Schilderungen der englischen Society zu Beginn des 20. Jahrhunderts. Bevölkert wird diese Gesellschaft von skurrilen oder auch einfältigen, aber durchaus liebenswerten Vertretern des englischen Landadels, ambitionierten jungen Damen, lästigen durchtriebenen Tanten und *last but not least* weisen Butlern, die als «a gentleman's personal gentleman» ihre jungen Herren distinguiert und fintenreich um alle Klippen des gesellschaftlichen Lebens manövrieren.
Hier ist beste britische Erzählkunst und ein heiteres Lesevergnügen geboten.

P.G. Wodehouse, so die Kurzform für Sir Pelham Grenville Wodehouse, mit Spitznamen Plum (1881–1975), war britischer Schriftsteller mit amerikanischer Staatsbürgerschaft (seit 1955). Wodehouse veröffentlichte über neunzig humoristische Romane, Drehbücher und Sammlungen von Erzählungen. Berühmt wurde neben Bertram Wooster und seinem Butler Jeeves vor allem auch Lord Emsworth auf Blandings Castle und dessen Zuchtsau, die «Kaiserin von Blandings».

P. G. Wodehouse

Jeeves Takes Charge
Jeeves übernimmt das Ruder

Drei Erzählungen

Übersetzt von Harald Raykowski

Deutscher Taschenbuch Verlag

dtv zweisprachig

2014 Deutscher Taschenbuch Verlag GmbH & Co. KG,
München
© The Trustees of the P.G. Wodehouse Estate
© 2014 für die deutsche Übersetzung:
Deutscher Taschenbuch Verlag, München
Der Band ist erstmals 1979 erschienen (dtv 9154).
Umschlagkonzept: Balk & Brumshagen
Umschlaggestaltung: Katharina Netolitzky unter Verwendung
von Bildern von gettyimages und bridgemanart.com
(Foto: Barbara Singer)
Satz: Greiner & Reichel, Köln
Druck und Bindung: Kösel, Krugzell
Gedruckt auf säurefreiem, chlorfrei gebleichtem Papier
Printed in Germany · ISBN 978-3-423-09520-4

Inhalt

Now, touching this business of old Jeeves – my man, you know – how do we stand? Lots of people think I'm much too dependent on him. My Aunt Agatha, in fact, has even gone so far as to call him my keeper. Well, what I say is: Why not? The man's a genius. From the collar upward he stands alone. I gave up trying to run my own affairs within a week of his coming to me. That was about half a dozen years ago, directly after the rather rummy business of Florence Craye, my Uncle Willoughby's book, and Edwin, the Boy Scout.

The thing really began when I got back to Easeby, my uncle's place in Shropshire. I was spending a week or so there, as I generally did in the summer; and I had had to break my visit to come back to London to get a new valet. I had found Meadowes, the fellow I had taken to Easeby with me, sneaking my silk socks, a thing no bloke of spirit could stick at any price. It transpiring, moreover, that he had looted a lot of other things here and there about the place, I was reluctantly compelled to hand the misguided blighter the mitten and go to London to ask the registry office to dig up another specimen for my approval. They sent me Jeeves.

I shall always remember the morning he came. It so happened that the night before I had been present at a rather cheery little supper, and I was feeling pretty rocky. On top of this I was trying to read a book Florence Craye had given me. She had been one of the house-party at Easeby, and two or three days before

Also, was die Sache mit Jeeves betrifft – meinem Diener, Sie wissen schon – wie stehen wir nun zueinander? Viele Leute meinen, ich sei viel zu abhängig von ihm. Tatsächlich ist meine Tante Agatha sogar so weit gegangen, ihn meinen Wärter zu nennen. Ich kann dazu nur sagen: Warum auch nicht? Dieser Mann ist ein Genie. Vom Kragen aufwärts ist er einsame Klasse. Binnen einer Woche, nachdem er zu mir gekommen war, habe ich es aufgegeben, mich selbst um meine Angelegenheiten kümmern zu wollen. Das war vor etwa sechs Jahren, direkt nach dieser komischen Geschichte mit Florence Craye, Onkel Willoughbys Buch und Edwin, dem Pfadfinder.

Eigentlich fing alles an, als ich nach Easeby, dem Landsitz meines Onkels in Shropshire, zurückkehrte. Wie fast jeden Sommer verbrachte ich dort gerade eine Woche oder so, und ich hatte meinen Aufenthalt unterbrechen und nach London fahren müssen, um mir einen neuen Diener zu suchen. Meadowes, den Burschen, der mit mir nach Easeby gekommen war, hatte ich nämlich dabei erwischt, wie er meine seidenen Socken klaute, was ein Mann, der etwas auf sich hält, natürlich auf keinen Fall hinnehmen konnte. Da sich außerdem herausstellte, dass er hier und da im Haus noch eine Menge andere Dinge erbeutet hatte, sah ich mich widerstrebend gezwungen, dem missratenen Typ den Stuhl vor die Tür zu setzen und nach London zu fahren, um die Stellenvermittlung zu bitten, mir ein anderes Exemplar ausfindig zu machen. Sie schickten mir Jeeves.

Der Morgen, an dem er kam, wird mir stets unvergesslich bleiben. Zufällig hatte ich am Abend zuvor an einem recht vergnügten kleinen Abendessen teilgenommen und fühlte mich noch sehr wackelig. Obendrein versuchte ich gerade, ein Buch zu lesen, das Florence Craye mir gegeben hatte. Sie war in Easeby mit von der Partie gewesen, und zwei oder drei Tage vor

I left we had got engaged. I was due back at the end of the week, and I knew she would expect me to have finished the book by then. You see, she was particularly keen on boosting me up a bit nearer her own plane of intellect. She was a girl with a wonderful profile, but steeped to the gills in serious purpose. I can't give you a better idea of the way things stood than by telling you that the book she'd given me to read was called *Types of Ethical Theory*, and that when I opened it at random I struck a page beginning:

The postulate or common understanding involved in speech is certainly co-extensive, in the obligation it carries, with the social organism of which language is the instrument, and the ends of which it is an effort to subserve.

All perfectly true, no doubt; but not the sort of thing to spring on a lad with a morning head.

I was doing my best to skim through this bright little volume when the bell rang. I crawled off the sofa and opened the door. A kind of darkish sort of respectful Johnnie stood without.

"I was sent by the agency, sir," he said. "I was given to understand that you required a valet."

I'd have preferred an undertaker; but I told him to stagger in, and he floated noiselessly through the doorway like a healing zephyr. That impressed me from the start. Meadowes had had flat feet and used to clump. This fellow didn't seem to have any feet at all. He just streamed in. He had a grave, sympathetic face, as if he, too, knew what it was to sup with the lads.

"Excuse me, sir," he said gently.

Then he seemed to flicker, and wasn't there any

meiner Abfahrt hatten wir uns verlobt. Ich sollte am Wochenende zurück sein und ich wusste, sie würde von mir erwarten, dass ich das Buch bis dahin gelesen hätte. Sie war nämlich ganz versessen darauf, mich ihrem eigenen intellektuellen Niveau wenigstens etwas anzunähern. Das Mädchen hatte ein wundervolles Profil, war aber bis über die Ohren von hohem Streben erfüllt. Wie die Dinge standen, kann ich Ihnen am besten klarmachen, indem ich Ihnen sage, dass das Buch, das ich von ihr hatte, *Typen ethischer Theorien* betitelt war, und dass ich beim zufälligen Aufblättern auf eine Seite stieß, die so begann:

Das Postulat oder die allgemeine Bedingung, die das Sprechen involviert, ist bezüglich der darin enthaltenen Obligation gewiss ko-extensiv mit dem sozialen Organismus, dessen Instrument die Sprache ist und dessen Zielen zu dienen diese einen Versuch darstellt.

Alles zweifellos völlig richtig, aber doch nichts, was man einem jungen Mann mit Kater vorsetzt.

Ich tat gerade mein Bestes, dieses schlaue kleine Buch zu überfliegen, als es klingelte. Ich wälzte mich vom Sofa und machte die Tür auf. Draußen stand so eine Art schwärzlich-höflicher Mensch.

«Die Agentur schickt mich, Sir», sagte er. «Man hat mir mitgeteilt, dass Sie einen Diener suchen.»

Ich hätte einen Leichenbestatter vorgezogen, aber ich hieß ihn hereinstolpern, und er wehte lautlos durch die Türe wie ein lindes Lüftchen. Das hat mich gleich beeindruckt. Meadowes hatte Plattfüße gehabt und einen trampelnden Gang. Dieser Bursche schien nicht einmal Füße zu besitzen. Er strömte einfach herein. Sein Gesichtsausdruck war ernst und mitfühlend, so als wüsste auch er, was es heißt, mit den Jungs aus dem Club zu Abend zu essen.

«Entschuldigen Sie mich bitte, Sir», sagte er leise.

Dann schien er leicht zu flackern und war auf einmal weg.

longer. I heard him moving about in the kitchen, and presently he came back with a glass on a tray.

"If you would drink this, sir," he said, with a kind of bedside manner, rather like the royal doctor shooting the bracer into the sick prince. "It is a little preparation of my own invention. It is the Worcester Sauce that gives it its colour. The raw egg makes it nutritious. The red pepper gives it its bite. Gentlemen have told me they have found it extremely invigorating after a late evening."

I would have clutched at anything that looked like a lifeline that morning. I swallowed the stuff. For a moment I felt as if somebody had touched off a bomb inside the old bean and was strolling down my throat with a lighted torch, and then everything seemed suddenly to get all right. The sun shone in through the window; birds twittered in the tree-tops; and, generally speaking, hope dawned once more.

"You're engaged!" I said, as soon as I could say anything.

I perceived clearly that this cove was one of the world's workers, the sort no home should be without.

"Thank you, sir. My name is Jeeves."

"You can start in at once?"

"Immediately, sir."

"Because I'm due down at Easeby, in Shropshire, the day after tomorrow."

"Very good, sir." He looked past me at the mantel-piece. "That is an excellent likeness of Lady Florence Craye, sir. It is two years since I saw her ladyship. I was at one time in Lord Worplesdon's employment. I tendered my resignation because I could not see eye to eye with his Lordship in his desire to dine in dress trousers, a flannel shirt, and a shooting coat."

Ich hörte ihn in der Küche hantieren, und kurz darauf kam er zurück mit einem Glas auf einem Tablett.

«Wenn Sie das trinken würden, Sir», sagte er, als säße er an einem Krankenbett, ganz wie der Hofarzt, wenn er dem kranken Prinzen den Heiltrank verpasst. «Es ist ein Präparat eigener Erfindung. Die Farbe hat es von der Worcestersauce, ein rohes Ei gibt ihm Nährkraft und Cayennepfeffer die Schärfe. Verschiedene Gentlemen haben mir erklärt, dass sie es nach einem langen Abend stets sehr belebend fanden.»

An diesem Morgen hätte ich nach allem gegriffen, was Rettung versprach. Ich schluckte das Zeug herunter. Für einen Augenblick hatte ich das Gefühl, als hätte jemand in meinem Hirnkasten eine Bombe gezündet und spaziere jetzt mit einer brennenden Fackel die Gurgel hinunter, und dann schien plötzlich alles wieder in Ordnung zu kommen. Die Sonne strahlte durchs Fenster herein, Vögel zwitscherten in den Wipfeln; kurzum: Hoffnung schimmerte aufs Neue.

«Sie sind eingestellt!», sagte ich, sobald ich wieder etwas sagen konnte.

Mir war jetzt klar, dass dieser Vogel einer von den Arbeitsamen dieser Welt war, so einer, wie sie in keinem Haushalt fehlen sollten.

«Danke, Sir. Mein Name ist Jeeves.»

«Können Sie gleich anfangen?»

«Unverzüglich, Sir.»

«Weil ich nämlich übermorgen in Easeby, Shropshire, erwartet werde.»

«Sehr wohl, Sir.» Er sah an mir vorbei zum Kaminsims. «Lady Florence Craye ist auf diesem Bild sehr gut getroffen, Sir. Ich sah ihre Ladyschaft zuletzt vor zwei Jahren. Seinerzeit war ich bei Lord Worplesdon in Diensten. Ich reichte meinen Abschied ein, da ich mit dem Wunsch seiner Lordschaft nicht übereinstimmen konnte, in Anzughose, Flanellhemd und Jagdrock zu dinieren.»

He couldn't tell me anything I didn't know about the old boy's eccentricity. This Lord Worplesdon was Florence's father. He was the old buster who, a few years later, came down to breakfast one morning, lifted the first cover he saw, said "Eggs! Eggs! Eggs! Damn all eggs!" in an overwrought sort of voice, and instantly legged it for France, never to return to the bosom of his family. This, mind you, being a bit of luck for the bosom of the family, for old Worplesdon had the worst temper in the county.

I had known the family ever since I was a kid, and from boyhood up this old boy had put the fear of death into me. Time, the great healer, could never remove from my memory the occasion when he found me – then a stripling of fifteen – smoking one of his special cigars in the stables. He got after me with a hunting-crop just at the moment when I was beginning to realize that what I wanted most on earth was solitude and repose, and chased me more than a mile across difficult country. If there was a flaw, so to speak, in the pure joy of being engaged to Florence, it was the fact that she rather took after her father, and one was never certain when she might erupt. She had a wonderful profile, though.

"Lady Florence and I are engaged, Jeeves," I said.

"Indeed, sir?"

You know, there was a kind of rummy something about his manner. Perfectly all right and all that, but not what you'd call chirpy. It somehow gave me the impression that he wasn't keen on Florence. Well, of course, it wasn't my business. I supposed that while he had been valeting old Worplesdon she must have

Über die Exzentrizität des alten Knaben konnte er mir nichts erzählen, was ich nicht schon wusste. Dieser Lord Worplesdon war Florences Vater. Er war der alte Radaubruder, der ein paar Jahre später eines Morgens zum Frühstück herunterkam, den erstbesten Deckel anhob, mit gereizter Stimme «Eier! Eier! Eier! Verfluchte Eier!» wetterte und auf der Stelle nach Frankreich abdampfte, um nie wieder in den Schoß seiner Familie zurückzukehren. Was wohlgemerkt ein ziemliches Glück für den Schoß der Familie war, denn der alte Worplesdon war der übellaunigste Kerl in der ganzen Grafschaft.

Ich hatte die Familie von klein auf gekannt, und schon als Knirps hatte mir der alte Kerl immer einen Mordsbammel eingejagt. Auch die Zeit, die doch alle Wunden heilt, hat es nie aus meinem Gedächtnis verdrängen können, wie er mich einmal als fünfzehnjährigen Grünschnabel erwischte, als ich eine seiner besonderen Zigarren im Stall rauchte. Er setzte mir mit der Reitgerte nach, ausgerechnet in dem Augenblick, als ich zu der Einsicht gelangte, dass Einsamkeit und Ruhe dasjenige waren, was ich jetzt auf der Welt am dringendsten benötigte, und jagte mich mehr als eine Meile durch schwieriges Gelände. Wenn das ungetrübte Glück, mit Florence verlobt zu sein, doch eine sozusagen schwache Stelle hatte, dann war das die Tatsache, dass sie ganz nach ihrem Vater geriet und man nie wissen konnte, wann der nächste Ausbruch zu erwarten war. Aber sie hatte ein wunderschönes Profil.

«Lady Florence und ich sind verlobt, Jeeves», sagte ich.

«Tatsächlich, Sir?»

Also wissen Sie, es war etwas Komisches in seiner Reaktion. Völlig untadelig und alles, aber nicht das, was man begeistert nennen könnte. Irgendwie hatte ich den Eindruck, dass Florence ihm nicht lag. Na ja, das ging mich natürlich nichts an. Ich dachte mir, dass sie ihm wahrscheinlich mal auf die Zehen getreten hatte, als er noch beim alten Worplesdon den Diener

trodden on his toes in some way. Florence was a dear girl, and, seen sideways, most awfully good-looking; but if she had a fault it was a tendency to be a bit imperious with the domestic staff.

At this point in the proceedings there was another ring at the front door. Jeeves shimmered out and came back with a telegram. I opened it. It ran:

Return immediately. Extremely urgent. Catch first train. Florence.

"Rum!" I said.

"Sir?"

"Oh, nothing!"

It shows how little I knew Jeeves in those days that I didn't go a bit deeper into the matter with him. Nowadays I would never dream of reading a rummy communication without asking him what he thought of it. And this one was devilish odd. What I mean is, Florence knew I was going back to Easeby the day after tomorrow anyway; so why the hurry call? Something must have happened, of course; but I couldn't see what on earth it could be.

"Jeeves," I said, "we shall be going down to Easeby this afternoon. Can you manage it?"

"Certainly, sir."

"You can get your packing done and all that?"

"Without any difficulty, sir. Which suit will you wear for the journey?"

"This one."

I had on a rather sprightly young check that morning, to which I was a good deal attached; I fancied it, in fact, more than a little. It was perhaps rather sudden till you got used to it, but, nevertheless, an extremely sound effort,

machte. Florence war ja ein liebes Mädchen und sah von der Seite einfach hinreißend aus; aber wenn sie einen Fehler hatte, dann den, dass sie dazu neigte, mit dem Dienstpersonal etwas herrisch umzuspringen.

Als wir bis hierher gekommen waren, klingelte es abermals an der Vordertür. Jeeves schimmerte hinaus und kam mit einem Telegramm zurück. Ich machte es auf. Es lautete:

Sofort zurueckkommen. Sehr dringend. Nimm naechsten Zug. Florence.

«Sehr merkwürdig», sagte ich.

«Sir?»

«Ach, nichts.»

Dass ich die Sache nicht ein bisschen genauer mit ihm besprach, zeigt, wie wenig ich Jeeves damals kannte. Heutzutage ließe ich es mir nicht träumen, eine merkwürdige Botschaft zu lesen, ohne ihn zu fragen, was er davon halte. Und diese hier war verteufelt seltsam. Ich meine: Florence wusste doch, dass ich übermorgen nach Easeby zurückkommen würde. Wozu also diese Eile? Irgendwas musste wohl passiert sein, aber ich konnte mir um alles in der Welt nicht denken, was.

«Jeeves», sagte ich, «wir werden heute Nachmittag nach Easeby fahren. Schaffen Sie das?»

«Gewiss, Sir.»

«Sie können bis dahin Ihr Bündel schnüren und so weiter?»

«Ohne Schwierigkeit, Sir. Welchen Anzug werden Sie auf der Fahrt tragen?»

«Diesen hier.»

Ich trug an diesem Morgen ein jugendliches, recht lebhaftes Karo, dem ich ziemlich zugetan war; um ehrlich zu sein, ich war sehr stolz darauf. Vielleicht war es etwas gewöhnungsbedürftig, aber es konnte sich durchaus sehen lassen,

which many lads at the club and elsewhere had admired unrestrainedly.

"Very good, sir."

Again there was that kind of rummy something in his manner. It was the way he said it, don't you know. He didn't like the suit. I pulled myself together to assert myself. Something seemed to tell me that, unless I was jolly careful and nipped this lad in the bud, he would be starting to boss me. He had the aspect of a distinctly resolute blighter.

Well, I wasn't going to have any of that sort of thing, by Jove! I'd seen so many cases of fellows who had become perfect slaves to their valets. I remember poor old Aubrey Fothergill telling me – with absolute tears in his eyes, poor chap! – one night at the club that he had been compelled to give up a favourite pair of brown shoes simply because Meekyn, his man, disapproved of them. You have to keep these fellows in their place, don't you know. You have to work the good old iron-hand-in-the-velvet-glove wheeze. If you give them a what's-its-name, they take a thingummy.

"Don't you like this suit, Jeeves?" I said coldly.

"Oh, yes, sir."

"Well, what don't you like about it?"

"It is a very nice suit, sir."

"Well, what's wrong with it? Out with it, dash it!"

"If I might make the suggestion, sir, a simple brown or blue, with a hint of some quiet twill –"

"What absulute rot!"

"Very good, sir."

"Perfectly blithering, my dear man!"

"As you say, sir."

I felt as if I had stepped on the place where the last stair ought to have been, but wasn't. I felt defiant, if

und viele der Jungs im Club und sonst wo hatten es unein-
geschränkt bewundert.

«Sehr wohl, Sir.»

Wieder war da so etwas Komisches an ihm. Es war die Art
und Weise, wie er das sagte, wissen Sie. Der Anzug gefiel ihm
nicht. Ich gab mir einen Ruck, um mich hier durchzusetzen.
Irgendetwas schien mir zu sagen, dass ich jetzt höllisch auf-
passen und dem Burschen in seinen Anfängen wehren müsse,
sonst würde er mich bald herumkommandieren. Er hatte das
Aussehen eines ausgesprochen resoluten Zeitgenossen.

Na, bei mir gab's dergleichen jedenfalls nicht, behüte! Ich
hatte schon so viele Fälle erlebt, wo einer völlig zum Sklaven
seines Dieners geworden war. Ich weiß noch, wie mir der
arme alte Aubrey Fothergill (buchstäblich mit Tränen in den
Augen, der Ärmste) eines Abends im Club erzählte, er sei gezwungen gewesen, sich von seinen braunen Lieblingsschuhen
zu trennen, nur weil Meekyn, sein Diener, sie nicht guthieß.
Man muss diesen Burschen ihre Grenzen zeigen, verstehen
Sie. Man muss mit der alten Masche von der eisernen Faust im
Samthandschuh kommen. Wenn man ihnen den kleinen Dings
reicht, dann nehmen sie sofort wie sagt man doch gleich.

«Mögen Sie diesen Anzug nicht, Jeeves?», fragte ich frostig.

«Oh doch, Sir.»

«Nun, was mögen Sie daran nicht?»

«Es ist ein sehr hübscher Anzug, Sir.»

«Also, was stört Sie daran? Heraus damit, zum Kuckuck!»

«Wenn ich mir den Vorschlag erlauben darf, Sir, ein schlichtes Kammgarn in einem gedeckten Braun oder Blau …»

«So ein Quatsch!»

«Sehr wohl, Sir.»

«Völlig blödsinnig, mein Lieber!»

«Wie Sie meinen, Sir.»

Ich hatte so ein Gefühl, wie wenn man auf die Stelle tritt,
wo die oberste Treppenstufe sein sollte, und sie ist nicht da. Ich

you know what I mean, and there didn't seem anything to defy.

"All right, then," I said.

"Yes, sir."

And then he went away to collect his kit, while
I started in again on *Types of Ethical Theory* and
took a stab at a chapter headed "Idiopsychological
Ethics".

Most of the way down in the train that afternoon,
I was wondering what could be up at the other end.
I simply couldn't see what could have happened.
Easeby wasn't one of those country houses you
read about in the society novels, where young girls
are lured on to play baccarat and then skinned to the
bone of their jewellery, and so on. The house-party
I had left had consisted entirely of law-abiding birds
like myself.

Besides, my uncle wouldn't have let anything of
that kind go on in his house. He was a rather stiff,
precise sort of old boy, who liked a quiet life. He was
just finishing a history of the family or something,
which he had been working on for the last year,
and didn't stir much from the library. He was rather
a good instance of what they say about its being
a good scheme for a fellow to sow his wild oats.
I'd been told that in his youth Uncle Willoughby
had been a bit of a bounder. You would never have
thought it to look at him now.

When I got to the house, Oakshott, the butler, told
me that Florence was in her room, watching her maid
pack. Apparently there was a dance on at a house
about twenty miles away that night, and she was mo-
toring over with some of the Easeby lot and would

war in angriffslustiger Stimmung, wenn Sie sich das vorstellen können, aber da war anscheinend nichts zum Angreifen.

«Na schön», sagte ich.

«Jawohl, Sir.»

Und dann ging er, um seine Siebensachen zu holen, während ich mich wieder an die *Typen ethischer Theorien* machte und es diesmal mit einem Kapitel versuchte, das «Idiopsychologische Ethik» überschrieben war.

Während der Bahnfahrt an diesem Nachmittag grübelte ich die meiste Zeit darüber nach, was wohl am anderen Ende los sein könnte. Ich konnte mir einfach nicht denken, was sich ereignet haben sollte. Easeby war schließlich nicht eins von diesen Landhäusern, von denen man in Gesellschaftsromanen liest, wo sie junge Mädchen erst zum Bakkaratspielen verführen und ihnen dann sämtlichen Schmuck und so weiter abknöpfen! Die Gäste, die ich dort zurückgelassen hatte, waren sämtlich gesetzestreue Mitmenschen wie ich auch.

Außerdem hätte mein Onkel so was nicht in seinem Hause geduldet. Er war ein alter Herr von der steifen, peniblen Sorte, der gerne seine Ruhe hatte. Zur Zeit beendete er gerade so eine Art Familienchronik, an der er schon seit einem Jahr arbeitete, und kam nur selten aus seiner Bibliothek heraus. Er war ein schönes Beispiel dafür, dass es gut ist, wenn sich einer, wie man so sagt, als junger Kerl seine Hörner abstößt, damit er im Alter zur Ruhe kommt. Dem Vernehmen nach war Onkel Willoughby in seiner Jugend ein ziemlicher Filou gewesen. Wenn man ihn jetzt so sah, hätte man das nie gedacht.

Bei meiner Ankunft im Landhaus sagte mir Oakshott, der Butler, dass Florence auf ihrem Zimmer sei und ihr Mädchen beim Packen beaufsichtige. Anscheinend sollte am Abend in einem anderen Haus zwanzig Meilen entfernt ein Ball stattfinden, und sie wollte mit einigen vom Easeby-Verein hinü-

be away some nights. Oakshott said she had told him to tell her the moment I arrived; so I trickled into the smoking-room and waited, and presently in she came. A glance showed me that she was perturbed, and even peeved. Her eyes had a goggly look, and altogether she appeared considerably pipped.

"Darling!" I said, and attempted the good old embrace; but she side-stepped like a bantam-weight.

"Don't!"

"What's the matter?"

"Everything's the matter! Bertie, you remember asking me, when you left, to make myself pleasant to your uncle?"

"Yes."

The idea being, of course, that as at that time I was more or less dependent on Uncle Willoughby I couldn't very well marry without his approval. And though I knew he wouldn't have any objection to Florence, having known her father since they were at Oxford together, I hadn't wanted to take any chances; so I had told her to make an effort to fascinate the old boy.

"You told me it would please him particularly if I asked him to read me some of his history of the family."

"Wasn't he pleased?"

"He was delighted. He finished writing the thing yesterday afternoon, and read me nearly all of it last night. I have never had such a shock in my life. The book is an outrage. It is impossible. It is horrible!"

"But, dash it, the family weren't so bad as all that."

"It is not a history of the family at all. Your uncle has written his reminiscences! He calls them *Recollections of a Long Life*!"

berfahren und ein paar Tage bleiben. Oakshott erklärte, er habe den Auftrag, sie zu benachrichtigen, sobald ich einträfe; also trabte ich in den Rauchsalon und wartete, und kurz darauf kam sie. Ich sah mit einem Blick, dass sie erbost, ja geradezu fuchsig war. Ihre Augen waren leicht hervorgetreten, und alles in allem schien sie stinkwütend zu sein.

«Liebste!», rief ich und setzte zur üblichen Umarmung an, aber sie wich mir aus wie ein Bantamgewichtler.

«Nicht!»

«Was ist denn los?»

«Der Teufel ist los! Bertie, weißt du noch, wie du mich bei deiner Abreise gebeten hast, ich sollte nett zu deinem Onkel sein?»

«Ja.»

Mein Hintergedanke war natürlich der gewesen, dass ich zu dieser Zeit mehr oder weniger von Onkel Willoughby abhängig war und deshalb nicht gut ohne seine Zustimmung heiraten konnte. Und obwohl ich wusste, dass er gegen Florence keine Einwände erheben würde, da er und ihr Vater zusammen in Oxford studiert hatten, wollte ich auf Nummer sicher gehen; darum hatte ich sie gebeten, den alten Herrn nach Kräften zu umschmeicheln.

«Du hast gesagt, er wäre besonders erfreut, wenn ich ihn bitten würde, mir etwas aus der Familienchronik vorzulesen.»

«War er denn nicht erfreut?»

«Er war entzückt. Gestern Nachmittag hatte er das Ding fertig, und letzte Nacht hat er es mir fast vollständig vorgelesen. Noch nie in meinem Leben war ich so schockiert! Das Buch ist ein Skandal! Es ist unmöglich! Es ist schrecklich!»

«Na hör mal, so schlimm war die Familie nun auch wieder nicht!»

«Es ist ja gar keine Familienchronik. Dein Onkel hat seine Memoiren geschrieben. Er nennt sie *Erinnerungen an ein langes Leben*.»

I began to understand. As I say, Uncle Willoughby had been somewhat on the tabasco side as a young man, and it began to look as if he might have turned out something pretty fruity if he had started recollecting his long life.

"If half of what he has written is true," said Florence, "your uncle's youth must have been perfectly appalling. The moment we began to read he plunged straight into a most scandalous story of how he and my father were thrown out of a music-hall in 1887!"

"Why?"

"I decline to tell you why."

It must have been something pretty bad. It took a lot to make them chuck people out of music-halls in 1887.

"Your uncle specifically states that father had drunk a quart and a half of champagne before beginning the evening," she went on. "The book is full of stories like that. There is a dreadful one about Lord Emsworth."

"Lord Emsworth? Not the one we know? Not the one at Blandings?"

A most respectable old Johnnie, don't you know. Doesn't do a thing nowadays but dig in the garden with a spud.

"The very same. That is what makes the book so unspeakable. It is full of stories about people one knows who are the essence of propriety today, but who seem to have behaved, when they were in London in the eighties, in a manner that would not have been tolerated in the fo'c'sle of a whaler. Your uncle seems to remember everything disgraceful that happened to anybody when he was in his early twenties. There is a story about Sir Stanley Gervase-Gervase at Rosher-

Ich fing an zu begreifen. Onkel Willoughby war, wie gesagt, als junger Mann einer von der gepfefferten Sorte gewesen, und es sah jetzt so aus, als sei etwas recht Pikantes herausgekommen, als er sich daranmachte, sich an sein langes Leben zu erinnern.

« Wenn auch nur die Hälfte von dem, was er geschrieben hat, wahr ist », sagte Florence, « dann muss dein Onkel eine haarsträubende Jugend verlebt haben. Kaum hatten wir mit der Lesung begonnen, da ging es gleich los mit einer ganz empörenden Geschichte, wie er und mein Vater 1887 aus einem Varieté hinausgeworfen wurden. »

« Weshalb denn? »

« Ich weigere mich zu sagen, weshalb. »

Es muss etwas ziemlich Übles gewesen sein, denn 1887 gehörte schon allerhand dazu, um aus einem Varieté hinausgeworfen zu werden.

« Dein Onkel erwähnt eigens, dass Vater schon eine Magnum-Flasche Champagner getrunken hatte, ehe der Abend begann », fuhr sie fort. « Das Buch ist voll von solchen Geschichten. Über Lord Emsworth gibt es auch eine ganz schreckliche. »

« Lord Emsworth? Doch nicht den, den wir kennen? Den auf Blandings? »

Ein sehr ehrenwerter alter Knabe, müssen Sie wissen. Tut heutzutage nichts mehr, außer im Garten Unkraut zu jäten.

« Eben diesen. Das macht ja das Buch so entsetzlich. Es ist voller Geschichten über Leute, die man kennt und die heute die Wohlanständigkeit in Person sind, die sich aber offenbar im London der achtziger Jahre aufgeführt haben, wie man es nicht mal auf dem Vordeck eines Walfängers geduldet hätte. Dein Onkel scheint sich an alle Schandtaten zu erinnern, die irgendjemand mit Anfang zwanzig mal verübt hat. Es gibt da eine Geschichte über Sir Stanley Gervase-Gervase in Rosherville Gardens, die in ihrer detaillierten Genauigkeit einfach haar-

ville Gardens which is ghastly in its perfection of detail. It seems that Sir Stanley – but I can't tell you!"

"Have a dash!"

"No!"

"Oh, well, I shouldn't worry. No publisher will print the book if it's as bad as all that."

"On the contrary, your uncle told me that all negotiations are settled with Riggs and Ballinger, and he's sending off the manuscript tomorrow for immediate publication. They make a special thing of that sort of book. They published Lady Carnaby's *Memories of Eighty Interesting Years*."

"I read 'em!"

"Well, then, when I tell you that Lady Carnaby's Memories are simply not to be compared with your uncle's Recollections, you will understand my state of mind. And father appears in nearly every story in the book! I am horrified at the things he did when he was a young man!"

"What's to be done?"

"The manuscript must be intercepted before it reaches Riggs and Ballinger, and destroyed!"

I sat up.

This sounded rather sporting.

"How are you going to do it?" I inquired.

"How can I do it? Didn't I tell you the parcel goes off tomorrow? I am going to the Murgatroyds' dance tonight and shall not be back till Monday. You must do it. That is why I telegraphed to you."

"What!"

She gave me a look.

"Do you mean to say you refuse to help me, Bertie?"

"No; but – I say!"

sträubend ist. Es scheint, dass Sir Stanley … aber das kann ich dir unmöglich erzählen!»

«Nur Mut!»

«Nein!»

«Ach, ich würde mir da keine Sorgen machen. Wenn es so schlimm ist, wird kein Verleger das Buch drucken.»

«Im Gegenteil. Dein Onkel hat mir erzählt, dass alle Verhandlungen mit Riggs und Ballinger abgeschlossen sind und dass er das Manuskript morgen zur sofortigen Veröffentlichung abschickt. Solche Bücher sind ihre Spezialität. Sie haben auch Lady Carnabys *Reminiszenzen aus achtzig interessanten Jahren* veröffentlicht.»

«Hab' ich gelesen.»

«Na, und wenn ich dir sage, dass Lady Carnabys Reminiszenzen einfach nicht zu vergleichen sind mit den Erinnerungen deines Onkels, dann wirst du wohl verstehen, wie mir zumute ist. Und Vater kommt fast in jeder Episode dieses Buches vor. Ich bin entsetzt über das, was er als junger Mann getrieben hat!»

«Was sollen wir also tun?»

«Man muss das Manuskript abfangen, bevor es Riggs und Ballinger erreicht, und vernichten.»

Ich richtete mich auf.

Das klang recht forsch.

«Wie willst du das denn anfangen?», fragte ich.

«Wie soll ich es denn anfangen? Habe ich dir nicht gesagt, dass das Päckchen morgen abgeht? Und ich fahre heute Abend zum Ball bei den Murgatroyds und werde erst am Montag zurückkommen. *Du* musst es tun. Deshalb habe ich dir auch telegraphiert.»

«Was?!»

Sie warf mir einen Blick zu.

«Soll das heißen, dass du dich weigerst, mir zu helfen, Bertie?»

«Nein, aber … hör mal!»

"It's quite simple."

"But even if I – What I mean is – Of course, any-thing I can do – but – if you know what I mean –"

"You say you want to marry me, Bertie?"

"Yes, of course; but still –"

For a moment she looked exactly like her old father.

"I will never marry you if those Recollections are published."

"But, Florence, old thing!"

"I mean it. You may look on it as a test, Bertie. If you have the resource and courage to carry this thing through, I will take it as evidence that you are not the vapid and shiftless person most people think you. If you fail, I shall know that your Aunt Agatha was right when she called you a spineless invertebrate and advised me strongly not to marry you. It will be perfectly simple for you to intercept the manuscript, Bertie. It only requires a little resolution."

"But suppose Uncle Willoughby catches me at it? He'd cut me off with a bob."

"If you care more for your uncle's money than for me –"

"No, no! Rather not!"

"Very well, then. The parcel containing the manu-script will, of course, be placed on the hall table tomor-row for Oakshott to take to the village with the letters. All you have to do is to take it away and destroy it. Then your uncle will think it has been lost in the post."

It sounded thin to me.

"Hasn't he got a copy of it?"

"No; it has not been typed. He is sending the manu-script just as he wrote it."

"But he could write it over again."

"As if he would have the energy!"

«Es ist doch ganz einfach.»

«Aber selbst wenn ich … Ich meine … Was in meinen Kräften steht, werde ich natürlich … aber … du verstehst schon.»

«Du sagst doch, du willst mich heiraten, Bertie?»

«Ja, natürlich. Trotzdem …»

Einen Augenblick lang sah sie genau aus wie ihr alter Vater.

«Ich werde dich niemals heiraten, wenn diese Erinnerungen veröffentlicht werden.»

«Aber Florence, altes Mädchen!»

«Das ist mein Ernst. Du kannst das als Bewährungsprobe betrachten, Bertie. Wenn du die Findigkeit und Courage besitzt, diese Sache auszuführen, dann soll mir das der Beweis sein, dass du doch nicht der hirnlose Windbeutel bist, für den die meisten dich halten. Wenn du aber versagst, dann weiß ich, dass deine Tante Agatha recht hatte, als sie dich wirbellos und ohne Rückgrat nannte und mir dringend abriet, dich zu heiraten. Es wird für dich ein Leichtes sein, das Manuskript abzufangen, Bertie. Es braucht dazu nur etwas Entschlossenheit.»

«Aber angenommen, Onkel Willoughby erwischt mich dabei. Er würde mir keinen Schilling vermachen.»

«Wenn dir das Geld deines Onkels wichtiger ist als ich …»

«Nein, nein! Selbstverständlich nicht!»

«Na also. Das Päckchen mit dem Manuskript wird natürlich morgen auf dem Tisch in der Halle liegen, damit Oakshott es zusammen mit den Briefen ins Dorf bringt. Du brauchst es nur wegzunehmen und zu vernichten. Dein Onkel wird dann glauben, es sei bei der Post verlorengegangen.»

Das klang etwas dürftig.

«Hat er denn keinen Durchschlag?»

«Nein, es ist nicht getippt worden. Er schickt das Manuskript so, wie er es geschrieben hat.»

«Aber er könnte es doch nochmal schreiben.»

«Als ob er dazu die Energie hätte.»

"But –"

"If you are going to do nothing but make absurd objections, Bertie –"

"I was only pointing things out."

"Well, don't! Once and for all, will you do me this quite simple act of kindness?"

The way she put it gave me an idea.

"Why not get Edwin to do it? Keep it in the family, kind of, don't you know. Besides, it would be a boon to the kid."

A jolly bright idea it seemed to me. Edwin was her young brother, who was spending his holidays at Easeby. He was a ferret-faced kid, whom I had disliked since birth. As a matter of fact, talking of Recollections and Memories, it was young blighted Edwin who, nine years before, had led his father to where I was smoking his cigar and caused all the unpleasantness. He was fourteen now and had just joined the Boy Scouts. He was one of those thorough kids, and took his responsibilities pretty seriously. He was always in a sort of fever because he was dropping behind schedule with his daily acts of kindness. However hard he tried, he'd fall behind; and then you would find him prowling about the house, setting such a dip to try and catch up with himself that Easeby was rapidly becoming a perfect hell for man and beast.

The idea didn't seem to strike Florence.

"I shall do nothing of the kind, Bertie. I wonder you can't appreciate the compliment I am paying you – trusting you like this."

"Oh, I see that all right, but what I mean is, Edwin would do it so much better than I would. These Boy Scouts are up to all sorts of dodges. They spoor, don't you know, and take cover and creep about, and what not."

«Aber …»

«Bertie, wenn du nichts als lächerliche Einwände machen willst …»

«Ich habe nur auf einiges hingewiesen.»

«Also lass das. Ein für allemal: Willst du diese einfache, aber gute Tat für mich vollbringen?»

Ihre Worte brachten mich auf einen Gedanken.

«Könnte man das nicht Edwin machen lassen? Bleibt dann sozusagen in der Familie, weißt du. Außerdem würde man dem Knaben einen großen Gefallen tun.»

Mir schien das ein brillanter Gedanke zu sein. Edwin war Florences kleiner Bruder, der zur Zeit seine Ferien in Easeby verbrachte. Er war ein Bengel mit Frettchengesicht, gegen den ich seit seiner Geburt eine Aversion hegte. Da wir gerade bei Erinnerungen und Reminiszenzen sind: Es war Edwin, das kleine Scheusal, der vor neun Jahren seinen Vater dahin geführt hatte, wo ich dessen Zigarre rauchte, und damit all die Unannehmlichkeiten verursachte. Er war jetzt vierzehn und gerade den Pfadfindern beigetreten. Als gewissenhafter Knabe nahm er seine Pflichten sehr ernst. Immer war er von fieberhafter Unrast befallen, weil er mit seinen täglichen guten Taten ständig in Rückstand geriet. Wie sehr er sich auch bemühte, er kam in Verzug; folglich sah man ihn dauernd durchs Haus pirschen, und bei seinem Versuch, das Versäumte aufzuholen, legte er ein derartiges Tempo vor, dass Easeby sehr rasch für Mensch und Tier zu einer wahren Hölle wurde.

Der Gedanke schien Florence nicht zu überzeugen.

«Ich werde nichts dergleichen tun, Bertie. Es erstaunt mich, dass du mein Kompliment nicht zu würdigen weißt – dir so zu vertrauen.»

«Oh, das weiß ich durchaus, aber ich meine, Edwin würde das viel besser machen als ich. Diese Pfadfinder haben es faustdick hinter den Ohren. Sie können Spuren lesen, weißt du, und Deckung nehmen und herumrobben und was nicht alles.»

"Bertie, will you or will you not do this perfectly trivial thing for me? If not, say so now, and let us end this farce of pretending that you care a snap of the fingers for me."

"Dear old soul, I love you devotedly!"

"Then will you or will you not –"

"Oh, all right," I said. "All right! All right! All right!"

And then I tottered forth to think it over. I met Jeeves in the passage just outside.

"I beg your pardon, sir. I was endeavouring to find you."

"What's the matter?"

"I felt that I should tell you, sir, that somebody has been putting black polish on your brown walking shoes."

"What! Who? Why?"

"I could not say, sir."

"Can anything be done with them?"

"Nothing, sir."

"Damn!"

"Very good, sir."

I've often wondered since then how these murderer fellows manage to keep in shape while they're contemplating their next effort. I had a much simpler sort of job on hand, and the thought of it rattled me to such an extent in the night watches that I was a perfect wreck next day. Dark circles under the eyes – I give you my word! I had to call on Jeeves to rally round with one of those life-savers of his.

From breakfast on I felt like a bag-snatcher at a railway station. I had to hang about waiting for the parcel to be put on the hall table, and it wasn't put. Uncle Willoughby was a fixture in the library, add-

«Bertie, willst du nun diese Lappalie für mich erledigen oder nicht? Wenn nicht, dann sage das gleich und lass uns aufhören mit dieser Farce, als ob du dir auch nur das Schwarze unterm Nagel aus mir machtest.»

«Du gute Seele, ich liebe dich voll Hingabe!»

«Also wirst du nun oder nicht?»

«Na schön», seufzte ich. «Na schön! Na schön! Na schön!»

Und dann trollte ich mich von dannen, um darüber nachzudenken. Draußen auf dem Gang traf ich Jeeves.

«Ich bitte um Verzeihung, Sir. Ich war bemüht, Sie zu finden.»

«Was gibt's denn?»

«Ich glaubte Ihnen mitteilen zu sollen, Sir, dass jemand Ihre braunen Wanderschuhe mit schwarzer Schuhcreme eingeschmiert hat.»

«Was? Wer? Warum?»

«Das weiß ich leider nicht, Sir.»

«Kann man noch etwas machen?»

«Nichts, Sir.»

«Verdammt!»

«Sehr wohl, Sir.»

Ich habe mich seither oft gefragt, wie so ein Mörder es schafft, in Form zu bleiben, während er seine nächste Unternehmung ausheckt. Vor mir lag eine viel einfachere Aufgabe, und doch machte mich während der durchwachten Nacht der bloße Gedanke daran so fertig, dass ich am nächsten Tag ein totales Wrack war. Mit dunklen Ringen unter den Augen – mein Ehrenwort! Ich musste Jeeves bitten, mir mit einem von seinen Lebensrettern zu Hilfe zu eilen.

Vom Frühstück an kam ich mir vor wie ein Handtaschendieb auf einem Bahnhof. Ich musste herumlungern und darauf warten, dass das Päckchen auf den Tisch in der Halle gelegt wurde, und es wurde und wurde nicht. Onkel Willoughby verharrte in

ing the finishing touches to the great work, I supposed, and the more I thought the thing over the less I liked it. The chances against my pulling it off seemed about three to two, and the thought of what would happen if I didn't gave me cold shivers down the spine. Uncle Willoughby was a pretty mild sort of old boy, as a rule, but I've known him to cut up rough, and, by Jove, he was scheduled to extend himself if he caught me trying to get away with his life's work.

It wasn't till nearly four that he toddled out of the library with the parcel under his arm, put it on the table, and toddled off again. I was hiding a bit to the south-east at the moment, behind a suit of armour. I bounded out and legged it for the table. Then I nipped upstairs to hide the swag. I charged in like a mustang and nearly stubbed my toe on young blighted Edwin, the Boy Scout. He was standing at the chest of drawers, confound him, messing about with my ties.

"Hallo!" he said.

"What are you doing here?"

"I'm tidying your room. It's my last Saturday's act of kindness."

"Last Saturday's."

"I'm five days behind. It was six till last night, but I polished your shoes."

"Was it you —"

"Yes. Did you see them? I just happened to think of it. I was in here, looking round. Mr Berkeley had this room while you were away. He left this morning. I thought perhaps he might have left something in it that I could have sent on. I've often done acts of kindness that way."

"You must be a comfort to one and all!"

der Bibliothek, wo er wahrscheinlich letzte Hand an sein großes Werk legte, und je mehr ich über die Sache nachdachte, desto weniger gefiel sie mir. Die Chance davonzukommen schien ungefähr drei zu zwei gegen mich zu stehen, und der Gedanke an das, was mir andernfalls blühte, ließ es mir kalt den Rücken hinunterlaufen. Onkel Willoughby war zwar in der Regel ein ziemlich sanftmütiger alter Herr, aber ich habe ihn auch schon massiv werden sehen, und bei Gott, er würde sich unweigerlich auf die Hinterbeine stellen, wenn er mich bei dem Versuch ertappte, mich mit seinem Lebenswerk davonzumachen.

Es war schon fast vier, als er mit dem Päckchen unterm Arm aus der Bibliothek spaziert kam, es auf den Tisch legte und wieder davonspazierte. Ich hielt mich gerade etwas südöstlich hinter einer alten Rüstung versteckt. Jetzt schoss ich hervor und spurtete zum Tisch. Dann flitzte ich nach oben, um die heiße Ware zu verstecken. Ich preschte ins Zimmer wie ein Mustang und hätte mir dabei fast die Zehen an Edwin, dem kleinen Scheusal und Pfadfinder, verstaucht. Er stand an der Kommode, hol ihn der Teufel, und wühlte in meinen Krawatten herum.

«Hallo!», sagte er.

«Was machst du denn hier?»

«Ich räume Ihr Zimmer auf. Das ist meine gute Tat vom letzten Samstag.»

«Vom letzten Samstag?»

«Ich bin fünf Tage im Rückstand. Bis gestern Abend waren es sechs, aber dann habe ich Ihre Schuhe geputzt.»

«Dann hast *du* also …»

«Ja. Haben Sie sie gesehen? Es fiel mir gerade so ein. Ich war hier und sah mich ein bisschen um. Mr Berkeley hatte dieses Zimmer, während Sie weg waren. Er ist heute früh abgereist. Ich dachte, vielleicht hat er etwas vergessen, das ich ihm nachschicken könnte. Ich habe auf diese Weise schon oft eine gute Tat vollbracht.»

«Du musst ja für jedermann eine große Hilfe sein.»

It became more and more apparent to me that this infernal kid must somehow be turned out eftsoons or right speedily. I had hidden the parcel behind my back, and I didn't think he had seen it; but I wanted to get at that chest of drawers quick, before anyone else came along.

"I shouldn't bother about tidying the room," I said.

"I like tidying it. It's not a bit of trouble – really."

"But it's quite tidy now."

"Not so tidy as I shall make it."

This was getting perfectly rotten. I didn't want to murder the kid, and yet there didn't seem any other way of shifting him. I pressed down the mental accelerator. The old lemon throbbed fiercely. I got an idea.

"There's something much kinder than that which you could do," I said. "You see that box of cigars? Take it down to the smoking-room and snip off the ends for me. That would save me no end of trouble. Stagger along, laddie."

He seemed a bit doubtful; but he staggered. I shoved the parcel into a drawer, locked it, trousered the key, and felt better. I might be a chump, but, dash it, I could out-general a mere kid with a face like a ferret. I went downstairs again. Just as I was passing the smoking-room door out curveted Edwin. It seemed to me that if he wanted to do a real act of kindness he would commit suicide.

"I'm snipping them," he said.

"Snip on! Snip on!"

"Do you like them snipped much, or only a bit?"

"Medium."

"All right. I'll be getting on, then."

"I should."

And we parted.

Es wurde mir immer klarer, dass dieser Satansbraten alsbald oder vielmehr hurtig irgendwie hinausbefördert werden musste. Ich hielt das Päckchen hinter meinem Rücken versteckt und glaubte nicht, dass er es gesehen hatte, aber ich wollte schleunigst an diese Kommode, bevor noch jemand daherkam.

«Ich würde mir nicht die Mühe machen aufzuräumen», sagte ich.

«Ich räume gerne auf. Es ist gar keine Mühe – ehrlich.»

«Aber es ist schon sehr ordentlich.»

«Ich mache es aber noch ordentlicher.»

Die Geschichte wurde langsam fatal. Ich wollte den Bengel nicht abmurksen, und doch schien es keine andere Möglichkeit zu geben, ihn wegzuschaffen. Ich trat geistig aufs Gas. Im Oberstübchen pochte es wild. Mir kam ein Gedanke.

«Es gäbe noch etwas viel Besseres, was du tun könntest», sagte ich. «Siehst du diese Zigarrenkiste? Nimm sie mit hinunter in den Rauchsalon und knipse mir die Zigarrenenden ab. Das würde mir riesige Mühen ersparen. Lauf zu, mein Sohn.»

Er schien etwas im Zweifel, aber er lief. Ich legte das Päckchen in eine Schublade, sperrte ab, steckte den Schlüssel in die Hosentasche und fühlte mich schon besser. Ich mochte ja ein Dussel sein, aber so einem frettchengesichtigen Bengel war ich doch weiß Gott strategisch allemal überlegen. Ich ging wieder nach unten. Gerade als ich am Rauchsalon vorbeiging, kam Edwin herausgaloppiert. Ich dachte, um eine wirklich gute Tat zu vollbringen, müsste er schon freiwillig aus dem Leben scheiden.

«Ich bin am Knipsen», sagte er.

«Knipse weiter! Knipse weiter!»

«Wollen Sie viel abgeknipst haben oder wenig?»

«Mittel.»

«In Ordnung. Ich mach dann weiter.»

«Mach nur.»

Und wir trennten uns.

Fellows who know all about that sort of thing – detectives, and so on – will tell you that the most difficult thing in the world is to get rid of the body. I remember, as a kid, having to learn by heart a poem about a bird by the name of Eugene Aram, who had the deuce of a job in this respect. All I can recall of the actual poetry is the bit that goes:

> Tum-tum, tum-tum, tum-tumty-tum,
> I slew him, tum-tum tum!

But I recollect that the poor blighter spent much of his valuable time dumping the corpse into ponds and burying it, and what not, only to have it pop out at him again. It was about an hour after I had shoved the parcel into the drawer when I realized that I had let myself in for just the same sort of thing.

Florence had talked in an airy sort of way about destroying the manuscript; but when one came down to it, how the deuce can a chap destroy a great chunky mass of paper in somebody else's house in the middle of summer? I couldn't ask to have a fire in my bedroom, with the thermometer in the eighties. And if I didn't burn the thing, how else could I get rid of it? Fellows on the battlefield eat dispatches to keep them from falling into the hands of the enemy, but it would have taken me a year to eat Uncle Willoughby's Recollections.

I'm bound to say the problem absolutely baffled me. The only thing seemed to be to leave the parcel in the drawer and hope for the best.

I don't know whether you have ever experienced it, but it's a dashed unpleasant thing having a crime on one's conscience. Towards the end of the day the mere

Alle Leute, die von solchen Dingen etwas verstehen – Detektive und so weiter – werden Ihnen bestätigen, dass die Beseitigung der Leiche das Schwierigste von der Welt ist. Ich weiß noch, wie ich als Knirps ein Gedicht auswendig lernen musste, in dem ein Typ namens Eugene Aram in dieser Hinsicht größte Probleme hatte. Von der eigentlichen Dichtung erinnere ich mich nur noch an das Stück, das so geht:

> Ta-tam, ta-tam, ta-tamti-tam,
> Erschlug ich ihn, ta-tam!

Aber ich entsinne mich, dass der arme Teufel viel von seiner kostbaren Zeit damit verbrachte, die Leiche in einen Tümpel plumpsen zu lassen und zu verbuddeln und was nicht alles, aber jedesmal kam sie wieder zum Vorschein. Ungefähr eine Stunde nachdem ich das Päckchen in der Schublade verstaut hatte, wurde mir klar, dass ich mich auf etwas ganz Ähnliches eingelassen hatte.

Florence hatte immer so leichthin davon gesprochen, das Manuskript zu vernichten; aber wenn man's mal genau betrachtet, wie zum Kuckuck soll einer denn einen Riesenpacken Papier in einem fremden Haus mitten im Sommer vernichten? Ich konnte doch nicht darum bitten, in meinem Schlafzimmer Feuer zu machen, wenn das Thermometer mehr als 25 Grad zeigte. Und wenn ich das Ding nicht verbrannte, wie sollte ich es dann loswerden? Im Krieg werden Botschaften verschlungen, damit sie nicht dem Feind in die Hände fallen, aber ich hätte ein Jahr gebraucht, um Onkel Willoughbys Erinnerungen zu verschlingen.

Ich muss gestehen, dass das Problem mich ratlos machte. Die einzige Möglichkeit schien darin zu bestehen, das Päckchen in der Schublade zu lassen und das Beste zu hoffen.

Ich weiß nicht, ob Sie das kennen, aber es ist ein verflixt unangenehmes Gefühl, ein Verbrechen auf dem Gewissen zu haben. Gegen Ende des Tages deprimierte mich schon der bloße

sight of the drawer began to depress me. I found myself getting all on edge; and once when Uncle Willoughby trickled silently into the smoking-room when I was alone there and spoke to me before I knew he was there, I broke the record for the sitting high jump.

I was wondering all the time when Uncle Willoughby would sit up and take notice. I didn't think he would have time to suspect that anything had gone wrong till Saturday morning, when he would be expecting, of course, to get the acknowledgement of the manuscript from the publishers. But early on Friday evening he came out of the library as I was passing and asked me to step in. He was looking considerably rattled.

"Bertie," he said – he always spoke in a precise sort of pompous kind of way – "an exceedingly disturbing thing has happened. As you know, I dispatched the manuscript of my book to Messrs Riggs and Ballinger, the publishers, yesterday afternoon. It should have reached them by the first post this morning. Why I should have been uneasy I cannot say, but my mind was not altogether at rest respecting the safety of the parcel. I therefore telephoned to Messrs Riggs and Ballinger a few moments back to make inquiries. To my consternation they informed me that they were not yet in receipt of my manuscript."

"Very rum!"

"I recollect distinctly placing it myself on the hall table in good time to be taken to the village. But here is a sinister thing. I have spoken to Oakshott, who took the rest of the letters to the post office, and he cannot recall seeing it there. He is, indeed, unswerving in his assertions that when he went to the hall to collect the letters there was no parcel among them."

"Sounds funny!"

Anblick der Schublade. Ich merkte, dass ich immer nervöser wurde, und einmal, als ich alleine im Rauchsalon saß und Onkel Willoughby leise hereinkam und mich ansprach, bevor ich ihn bemerkt hatte, brach ich glatt den Rekord im Hochsprung aus dem Sitz.

Die ganze Zeit fragte ich mich, wann Onkel Willoughby etwas spitzkriegen würde. Ich nahm nicht an, dass ihm vor Samstagmorgen der Verdacht kommen würde, es könnte etwas schiefgegangen sein, aber dann würde er natürlich erwarten, vom Verlag den Empfang des Manuskripts bestätigt zu bekommen. Jedoch schon am frühen Freitagabend trat er, gerade als ich vorbeiging, aus der Bibliothek und bat mich hereinzukommen. Er sah ziemlich mitgenommen aus.

«Bertie», sagte er – er drückte sich immer reichlich umständlich und gestelzt aus –, «es hat sich etwas überaus Beunruhigendes ereignet. Wie dir bekannt ist, habe ich das Manuskript meines Buches am gestrigen Nachmittag an Riggs und Ballinger, meinen Verlag, geschickt. Es hätte heute mit der ersten Post eintreffen sollen. Ich könnte zwar nicht sagen, weshalb ich ein Unbehagen verspürte, aber ich war unruhig bezüglich der Sicherheit des Päckchens. Daher rief ich vor ein paar Augenblicken bei Riggs und Ballinger an, um Erkundigungen einzuziehen. Zu meinem Entsetzen teilte man mir mit, dass man noch nicht im Besitz des Manuskriptes sei.»

«Sehr merkwürdig!»

«Ich erinnere mich genau daran, es persönlich und rechtzeitig auf den Tisch in der Halle gelegt zu haben, damit es ins Dorf gebracht werde. Ich habe mit Oakshott gesprochen, der die übrigen Briefe zur Post getragen hat, und er kann sich nicht entsinnen, es dort gesehen zu haben. Er bleibt ganz fest bei seiner Versicherung, dass zu dem Zeitpunkt, als er in die Halle ging, um die Post zu holen, kein Päckchen dabei war.»

«Klingt ja merkwürdig!»

"Bertie, shall I tell you what I suspect?"

"What's that?"

"The suspicion will no doubt sound to you incredible, but it alone seems to fit the facts as we know them. I incline to the belief that the parcel has been stolen."

"Oh, I say! Surely not!"

"Wait! Hear me out. Though I have said nothing to you before, or to anyone else, concerning the matter, the fact remains that during the past few weeks a number of objects – some valuable, others not – have disappeared in this house. The conclusion to which one is irresistibly impelled is that we have a kleptomaniac in our midst. It is a peculiarity of kleptomania, as you are no doubt aware, that the subject is unable to differentiate between the intrinsic values of objects. He will purloin an old coat as readily as a diamond ring, or a tobacco pipe costing but a few shillings with the same eagerness as a purse of gold. The fact that this manuscript of mine could be of no possible value to any outside person convinces me that –"

"But, uncle, one moment; I know all about those things that were stolen. It was Meadowes, my man, who pinched them. I caught him snaffling my silk socks. Right in the act, by Jove!"

He was tremendously impressed.

"You amaze me, Bertie! Send for the man at once and question him."

"But he isn't here. You see, directly I found that he was a sock-sneaker I gave him the boot. That's why I went to London – to get a new man."

"Then, if the man Meadowes is no longer in the house it could not be he who purloined my manuscript. The whole thing is inexplicable."

After which we brooded for a bit. Uncle Willough-

«Bertie, soll ich dir sagen, was mein Verdacht ist?»

«Was denn?»

«Zweifellos wird dir dieser Verdacht unglaublich vorkommen, aber nur er passt zu den uns bekannten Fakten. Ich neige zu der Ansicht, dass das Päckchen gestohlen wurde.»

«Nein so was! Das kann doch nicht sein!»

«Warte! Lass mich ausreden! Obgleich ich weder dir noch sonst jemandem etwas davon gesagt habe, so ist es doch in der Tat so, dass während der letzten Wochen in diesem Haus eine Anzahl von Gegenständen, manche wertvoll, manche nicht, verschwunden sind. Es drängt sich einem der Schluss auf, dass sich ein Kleptomane unter uns befindet. Wie du zweifellos weißt, ist es ein spezifisches Merkmal des Kleptomanen, zwischen dem Wert verschiedener Objekte nicht unterscheiden zu können. Er entwendet einen alten Mantel ebenso wie einen Diamantring, und eine Tabakspfeife mit derselben Begehrlichkeit wie einen Beutel voll Gold. Die Tatsache, dass mein Manuskript für einen Außenstehenden keinerlei Wert hat, bringt mich zu der Überzeugung, dass …»

«Aber, lieber Onkel, einen Augenblick; ich weiß, was mit diesen gestohlenen Sachen war. Meadowes, mein Diener, hat sie geklaut. Ich habe ihn dabei erwischt, wie er sich meine seidenen Socken grapschte. Auf frischer Tat, stell dir vor!»

Er war mächtig beeindruckt.

«Du überraschst mich, Bertie! Lass den Mann sofort holen und verhöre ihn.»

«Aber er ist nicht mehr hier. Weißt du, ich habe ihn gleich rausgeschmissen, als ich merkte, dass er ein Sockenklau ist. Deshalb bin ich doch nach London gefahren: um einen neuen zu suchen.»

«Also, wenn dieser Meadowes nicht mehr im Hause ist, dann kann er auch mein Manuskript nicht entwendet haben. Das Ganze ist ein Rätsel.»

Woraufhin wir ein Weilchen grübelten. Onkel Willoughby

by pottered about the room, registering baffledness, while I sat sucking at a cigarette, feeling rather like a chappie I'd once read about in a book, who murdered another cove and hid the body under the dining-room table, and then had to be the life and soul of a dinner party, with it there all the time. My guilty secret oppressed me to such an extent that after a while I couldn't stick it any longer. I lit another cigarette and started for a stroll in the grounds, by way of cooling off.

It was one of those still evenings you get in the summer, when you can hear a snail clear its throat a mile away. The sun was sinking over the hills and the gnats were fooling about all over the place, and everything smelled rather topping – what with the falling dew and so on – and I was just beginning to feel a little soothed by the peace of it all when suddenly I heard my name spoken.

"It's about Bertie."

It was the loathsome voice of young blighted Edwin ! For a moment I couldn't locate it. Then I realized that it came from the library. My stroll had taken me within a few yards of the open window.

I had often wondered how those Johnnies in books did it – I mean the fellows with whom it was the work of a moment to do about a dozen things that ought to have taken them about ten minutes. But, as a matter of fact, it was the work of a moment with me to chuck away my cigarette, swear a bit, leap about ten yards, dive into a bush that stood near the library window, and stand there with my ears flapping. I was as certain as I've ever been of anything that all sorts of rotten things were in the offing.

"About Bertie?" I heard Uncle Willoughby say.

ging ziellos und mit allen Anzeichen von Verwirrung im
Zimmer umher, während ich dasaß und an einer Zigarette
sog und mir so vorkam wie einer, von dem ich mal in einem
Buch gelesen hatte: Der hatte einen andern umgebracht und
die Leiche unterm Esstisch versteckt, und danach musste er
den strahlenden Mittelpunkt einer Abendgesellschaft spielen, während die Leiche all die Zeit dabeilag. Das Geheimnis
meiner Schuld bedrückte mich so sehr, dass ich es nach einer
Weile nicht mehr aushielt. Ich steckte mir eine neue Zigarette
an und ging nach draußen, um mich bei einem Gang ums
Haus zu beruhigen.

Es war so ein stiller Abend, wie man sie manchmal im Sommer hat, wenn auf eine Meile Entfernung das Räuspern einer
Schnecke zu hören ist. Die Sonne versank über den Hügeln,
überall tollten die Mücken herum, und alles duftete einfach
atemberaubend – dank dem fallenden Tau und so – und der
Friede des Ganzen hatte mich schon ein wenig erquickt, als ich
plötzlich meinen Namen hörte.

« Es ist wegen Bertie.»

Es war die ekelhafte Stimme von Edwin, dem kleinen Scheusal! Ich konnte sie nicht gleich lokalisieren. Dann merkte ich,
dass sie aus der Bibliothek kam. Mein Spaziergang hatte mich
bis auf wenige Yards an das offene Fenster herangeführt.

Ich hatte mich früher oft gefragt, wie diese Burschen in den
Büchern das nur machen – ich meine diese Burschen, die nur
einen Augenblick brauchen, um ungefähr ein Dutzend Dinge
zu tun, für die sie eigentlich zehn Minuten hätten brauchen
müssen. Aber für mich war es diesmal wirklich nur die Sache
eines Augenblicks, meine Zigarette wegzuwerfen, ein bisschen zu fluchen, einen Satz von etwa zehn Yards zu machen,
in ein Gebüsch beim Bibliotheksfenster zu tauchen und mit
aufgestellten Lauschern dazustehen. Ich war mir so sicher wie
noch nie, dass sich allerhand Scheußliches zusammenbraute.

« Wegen Bertie? », hörte ich Onkel Willoughby fragen.

"About Bertie and your parcel. I heard you talking to him just now. I believe he's got it."

When I tell you that just as I heard these frightful words a fairly substantial beetle of sorts dropped from the bush down the back of my neck, and I couldn't even stir to squash the same, you will understand that I felt pretty rotten. Everything seemed against me.

"What do you mean, boy? I was discussing the disappearance of my manuscript with Bertie only a moment back, and he professed himself as perplexed by the mystery as myself."

"Well, I was in his room yesterday afternoon, doing him an act of kindness, and he came in with a parcel. I could see it, though he tried to keep it behind his back. And then he asked me to go to the smoking-room and snip some cigars for him; and about two minutes afterwards he came down – and he wasn't carrying anything. So it must be in his room."

I understand they deliberately teach these dashed Boy Scouts to cultivate their powers of observation and deduction and what not. Devilish thoughtless and inconsiderate of them, I call it. Look at the trouble it causes.

"It sounds incredible," said Uncle Willoughby, thereby bucking me up a trifle.

"Shall I go and look in his room?" asked young blighted Edwin. "I'm sure the parcel's there."

"But what could be his motive for perpetrating this extraordinary theft?"

"Perhaps he's a – what you said just now."

"A kleptomaniac? Impossible!"

"It might have been Bertie who took all those

«Wegen Bertie und deinem Päckchen. Ich habe gerade euer Gespräch gehört. Ich glaube, er hat es.»

Wenn ich Ihnen sage, dass sich just in dem Moment, als ich diese schrecklichen Worte vernahm, ein nicht eben kleiner Käfer vom Busch in meinen Nacken fallen ließ und ich mich nicht einmal rühren durfte, um ihn zu zerquetschen, dann werden Sie verstehen, dass mir ziemlich elend zumute war. Anscheinend war alles gegen mich.

«Was meinst du damit, mein Junge? Gerade eben erst habe ich das Verschwinden meines Manuskripts mit Bertie erörtert, und er erklärte sich angesichts dieses Rätsels genauso perplex wie ich selbst.»

«Also, ich war gestern Nachmittag in seinem Zimmer, um eine gute Tat für ihn zu vollbringen, da kam er mit einem Päckchen herein. Ich konnte es sehen, obwohl er es hinter seinem Rücken zu verstecken versuchte. Und dann hat er mich gebeten, in den Rauchsalon zu gehen und die Enden von ein paar Zigarren für ihn abzuknipsen; und ungefähr zwei Minuten später kam er herunter, und da trug er nichts mehr. Es muss also in seinem Zimmer sein.»

Wie ich höre, bringen sie diesen verflixten Pfadfindern gezielt bei, wie man seine Beobachtungs- und Denkfähigkeit schärft und was nicht alles. Das nenne ich aber verdammt unbedacht und rücksichtslos von denen. Was das für Ärger verursacht!

«Das klingt unglaublich», sagte Onkel Willoughby, womit er mir wieder ein bisschen Mut machte.

«Soll ich in sein Zimmer gehen und nachsehen?», fragte Edwin, das kleine Scheusal. «Das Päckchen ist ganz bestimmt da.»

«Aber was hätte er für ein Motiv, um so einen außergewöhnlichen Diebstahl zu begehen?»

«Vielleicht ist er ein … was du gerade gesagt hast.»

«Ein Kleptomane? Unmöglich!»

«Vielleicht war es überhaupt Bertie, der die ganze Zeit diese

things from the very start," suggested the little brute hopefully. "He may be like Raffles."

"Raffles?"

"He's a chap in a book who went about pinching things."

"I cannot believe that Bertie would – ah – go about pinching things."

"Well, I'm sure he's got the parcel. I'll tell you what you might do. You might say that Mr Berkeley wired that he had left something here. He had Bertie's room, you know. You might say you wanted to look for it."

"That would be possible. I –"

I didn't wait to hear any more. Things were getting too hot. I sneaked softly out of my bush and raced for the front door. I sprinted up to my room and made for the drawer where I had put the parcel. And then I found I hadn't the key. It wasn't for the deuce of a time that I recollected I had shifted it to my evening trousers the night before and must have forgotten to take it out again.

Where the dickens were my evening things? I had looked all over the place before I remembered that Jeeves must have taken them away to brush. To leap at the bell and ring it was, with me, the work of a moment. I had just rung it when there was a footstep outside, and in came Uncle Willoughby.

"Oh, Bertie," he said, without a blush, "I have – ah – received a telegram from Berkeley, who occupied this room in your absence, asking me to forward him his – er – his cigarette-case, which, it would appear, he inadvertently omitted to take with him when he left the house. I cannot find it downstairs; and it has, therefore, occurred to me that he may have left it in this room. I will – er – just take a look round."

Sachen gestohlen hat», schlug der kleine Unhold hoffnungs-
froh vor. «Vielleicht ist er so einer wie Raffles.»

«Raffles?»

«Das ist so ein Kerl in einem Buch, der überall Sachen
klaut.»

«Ich kann einfach nicht glauben, dass Bertie überall Sachen … äh … klauen würde.»

«Jedenfalls hat er bestimmt das Päckchen. Weißt du, was du
tun könntest? Du könntest ihm sagen, Mr Berkeley hätte telegrafiert, dass er hier etwas vergessen hat. Er hat ja in Berties
Zimmer übernachtet. Du könntest sagen, du wolltest danach
suchen.»

«Das wäre eine Möglichkeit. Ich …»

Ich verzichtete darauf, länger zu lauschen. Die Sache wurde
mir zu brenzlig. Leise stahl ich mich aus meinem Busch davon
und raste zur vorderen Tür. Ich sprintete hinauf in mein Zimmer und direkt auf die Schublade zu, in die ich das Päckchen
gelegt hatte. Und dann stellte ich fest, dass ich den Schlüssel
nicht hatte. Erst nach einer halben Ewigkeit entsann ich mich,
dass ich ihn am Abend zuvor in meine Anzughose gesteckt und
dann vergessen hatte, ihn wieder herauszunehmen.

Wo zum Henker waren meine Abendsachen? Ich hatte schon
überall gesucht, als mir einfiel, dass Jeeves sie wohl zum Aus-
bürsten mitgenommen hatte. Zur Klingel zu stürzen und zu
läuten, war für mich eins. Kaum hatte ich geläutet, als draußen
Schritte erklangen und Onkel Willoughby eintrat.

«Ach, Bertie», sagte er, ohne rot zu werden. «Ich habe …
äh … ein Telegramm von Berkeley erhalten, der während deiner Abwesenheit in diesem Zimmer übernachtet hat, und er
bittet mich, ihm sein … äh … Zigarettenetui nachzuschicken,
das er offenbar bei seiner Abreise mitzunehmen vergaß. Unten
kann ich es nicht finden, deshalb dachte ich mir, dass er es vielleicht in diesem Zimmer zurückgelassen hat. Ich will mich …
äh … nur kurz umsehen.»

It was one of the most disgusting spectacles I've ever seen – this white-haired old man, who should have been thinking of the hereafter, standing there lying like an actor.

"I haven't seen it anywhere," I said.

"Nevertheless, I will search. I must – ah – spare no effort."

"I should have seen it if it had been here – what?"

"It may have escaped your notice. It is – er – possibly in one of the drawers."

He began to nose about. He pulled out drawer after drawer, pottering round like an old bloodhound, and babbling from time to time about Berkeley and his cigarette-case in a way that struck me as perfectly ghastly. I just stood there, losing weight every moment.

Then he came to the drawer where the parcel was.

"This appears to be locked," he said, rattling the handle.

"Yes; I shouldn't bother about that one. It – it's – er – locked, and all that sort of thing."

"You have not the key?"

A soft, respectful voice spoke behind me.

"I fancy, sir, that this must be the key you require. It was in the pocket of your evening trousers."

It was Jeeves. He had shimmered in, carrying my evening things, and was standing there holding out the key. I could have massacred the man.

"Thank you," said my uncle.

"Not at all, sir."

The next moment Uncle Willoughby had opened the drawer. I shut my eyes.

"No," said Uncle Willoughby, "there is nothing here. The drawer is empty. Thank you, Bertie. I hope

Es war dies eine der widerwärtigsten Szenen, die ich je erlebt habe, wie dieser weißhaarige Greis, der sich lieber Gedanken über das Jenseits hätte machen sollen, dastand und log wie ein Mime.

«Ich habe es nirgends gesehen», sagte ich.

«Ich werde trotzdem nachschauen. Ich darf nichts ... äh ... unversucht lassen.»

«Ich hätte es doch entdeckt, wenn es hier gewesen wäre, oder?»

«Du könntest es übersehen haben. Möglicherweise ist es ... äh ... in einer der Schubladen.»

Er fing an herumzuschnüffeln. Eine Schublade nach der andern zog er heraus, kramte darin herum wie ein alter Bluthund und faselte dabei immer wieder von Berkeley und seinem Etui, dass es mich grauste. Ich selbst stand einfach dabei und verlor in einem fort an Gewicht.

Dann kam er an die Schublade mit dem Päckchen.

«Die hier ist wohl abgeschlossen», sagte er und rüttelte am Griff.

«Ja, um die würde ich mich nicht kümmern, die ... ist ... äh ... abgeschlossen und so weiter.»

«Hast du keinen Schlüssel?»

Sacht ließ sich eine respektvolle Stimme hinter mir vernehmen.

«Ich nehme an, Sir, dies ist der Schlüssel, den Sie benötigen. Er war in der Hose Ihres Abendanzuges.»

Es war Jeeves. Er war hereingeschimmert, meine Abendgarderobe überm Arm, und jetzt stand er da und hielt mir den Schlüssel hin. Ich hätte den Mann massakrieren können.

«Danke», sagte mein Onkel.

«Keine Ursache, Sir.»

Im nächsten Moment hatte Onkel Willoughby die Schublade geöffnet. Ich schloss die Augen.

«Nein», sagte Onkel Willoughby, «da ist nichts. Die Schublade ist leer. Danke, Bertie. Ich hoffe, ich habe dich nicht ge-

I have not disturbed you. I fancy – er – Berkeley must have taken his case with him after all."

When he had gone I shut the door carefully. Then I turned to Jeeves. The man was putting my evening things out on a chair.

"Er – Jeeves!"

"Sir?"

"Oh, nothing."

It was deuced difficult to know how to begin.

"Er – Jeeves!"

"Sir?"

"Did you – Was there – Have you by chance –"

"I removed the parcel this morning, sir."

"Oh – ah – why?"

"I considered it more prudent, sir."

I mused for a while.

"Of course, I suppose all this seems tolerably rummy to you, Jeeves?"

"Not at all, sir. I chanced to overhear you and Lady Florence speaking of the matter the other evening, sir."

"Did you, by Jove?"

"Yes, sir."

"Well – er – Jeeves, I think that, on the whole, if you were to – as it were – freeze on to that parcel until we get back to London –"

"Exactly, sir."

"And then we might – er – so to speak – chuck it away somewhere – what?"

"Precisely, sir."

"I'll leave it in your hands."

"Entirely, sir."

"You know, Jeeves, you're by way of being rather a topper."

"I endeavour to give satisfaction, sir."

stört. Ich nehme an … äh … Berkeley muss das Etui wohl doch mitgenommen haben.»

Als er weg war, schloss ich die Tür sorgfältig. Dann wandte ich mich zu Jeeves. Er legte gerade meine Sachen für den Abend auf einem Stuhl zurecht.

«Äh … Jeeves!»

«Sir?»

«Ach, nichts.»

Es war verteufelt schwer, einen Anfang zu finden.

«Äh … Jeeves!»

«Sir?»

«Haben Sie …? War da …? Sind Sie zufällig …?»

«Ich habe das Päckchen heute früh herausgenommen, Sir.»

«So? … Ach … Wieso?»

«Ich hielt es für klüger, Sir.»

Ich sann eine Weile nach.

«Das kommt Ihnen sicherlich alles einigermaßen komisch vor, Jeeves?»

«Keineswegs, Sir. Zufällig hörte ich, wie Sie neulich Abend mit Lady Florence über die Angelegenheit sprachen, Sir.»

«Donnerwetter, wirklich?»

«Ja, Sir.»

«Nun … äh … Jeeves, ich denke, im Großen und Ganzen, wenn Sie, sozusagen, sich dieses Päckchen unter den Arm klemmen könnten, bis wir wieder in London sind …»

«Gewiss, Sir.»

«Und dann könnten wir es … äh … gewissermaßen … irgendwo wegschmeißen, wie?»

«Ganz recht, Sir.»

«Ich überlasse es ganz Ihnen.»

«Jawohl, Sir.»

«Wissen Sie, Jeeves, Sie entwickeln sich zu einem richtigen Volltreffer.»

«Mein Streben gilt ganz Ihrer Zufriedenheit, Sir.»

"One in a million, by love!"

"It is very kind of you to say so, sir."

"Well, that's about all, then, I think."

"Very good, sir."

Florence came back on Monday. I didn't see her till we were all having tea in the hall. It wasn't till the crowd had cleared away a bit that we got a chance of having a word together.

"Well, Bertie?" she said.

"It's all right."

"You have destroyed the manuscript?"

"Not exactly; but –"

"What do you mean?"

"I mean I haven't absolutely –"

"Bertie, your manner is furtive!"

"It's all right. It's this way –"

And I was just going to explain how things stood when out of the library came leaping Uncle Willoughby, looking as braced as a two-year-old. The old boy was a changed man.

"A most remarkable thing, Bertie! I have just been speaking with Mr Riggs on the telephone, and he tells me he received my manuscript by the first post this morning. I cannot imagine what can have caused the delay. Our postal facilities are extremely inadequate in the rural districts. I shall write to headquarters about it. It is insufferable if valuable parcels are to be delayed in this fashion."

I happened to be looking at Florence's profile at that moment, and at this juncture she swung round and gave me a look that went right through me like a knife. Uncle Willoughby meandered back to the library, and there was a silence that you could have dug bits out of with a spoon.

«Einer unter Tausenden, wahrhaftig!»

«Es ist sehr freundlich von Ihnen, das zu sagen, Sir.»

«Na, ich denke, das wäre dann alles.»

«Sehr wohl, Sir.»

Florence kam am Montag zurück. Ich sah sie erst, als wir alle beim Tee in der Halle saßen. Nachdem sich die Menge ein bisschen zerstreut hatte, kam endlich eine Gelegenheit, mit ihr zu reden.

«Nun, Bertie?», fragte sie.

«Alles in Ordnung.»

«Hast du das Manuskript vernichtet?»

«Nicht direkt, aber …»

«Was meinst du damit?»

«Ich meine, ich habe es nicht völlig …»

«Bertie, du verheimlichst mir etwas!»

«Es ist alles in Ordnung. Die Sache ist so …»

Und ich wollte ihr gerade erklären, wie sich alles verhielt, als Onkel Willoughby leichtfüßig aus der Bibliothek kam und so putzmunter aussah wie ein Zweijähriger. Der alte Knabe war ein ganz neuer Mensch.

«Etwas höchst Bemerkenswertes, Bertie! Ich habe gerade am Telefon mit Mr Riggs gesprochen, und er sagte mir, er habe das Manuskript heute Morgen mit der ersten Post erhalten. Ich möchte wissen, was diese Verzögerung verursacht hat. Unsere postalischen Einrichtungen in den ländlichen Gebieten sind äußerst unzureichend. Ich werde deswegen an die Direktion schreiben. Es ist doch unerhört, wenn wertvolle Päckchen derart langsam befördert werden.»

Zufällig betrachtete ich gerade Florences Profil, und in diesem Moment fuhr sie herum und warf mir einen Blick zu, der mich durchbohrte wie ein Dolch. Onkel Willoughby mäanderte zurück in die Bibliothek, und es entstand eine Stille, die man portionsweise hätte löffeln können.

"I can't understand it," I said at last. "I can't understand it, by Jove!"

"I can. I can understand it perfectly, Bertie. Your heart failed you. Rather than risk offending your uncle you –"

"No, no! Absolutely!"

"You preferred to lose me rather than risk losing the money. Perhaps you did not think I meant what I said. I meant every word. Our engagement is ended."

"But – I say!"

"Not another word!"

"But, Florence, old thing!"

"I do not wish to hear any more. I see now that your Aunt Agatha was perfectly right. I consider that I have had a very lucky escape. There was a time when I thought that, with patience, you might be moulded into something worth while. I see now that you are impossible!"

And she popped off, leaving me to pick up the pieces. When I had collected the debris to some extent I went to my room and rang for Jeeves. He came in looking as if nothing had happened or was ever going to happen. He was the calmest thing in captivity.

"Jeeves!" I yelled. "Jeeves, that parcel has arrived in London!"

"Yes, sir?"

"Did you send it?"

"Yes, sir. I acted for the best, sir. I think that both you and Lady Florence overestimated the danger of people being offended at being mentioned in Sir Willoughby's Recollections. It has been my experience, sir, that the normal person enjoys seeing his or her name in print, irrespective of what is said about them. I have an aunt, sir, who a few years ago was a martyr to swollen limbs. She tried Walkinshaw's Supreme Ointment and

«Das verstehe ich nicht», sagte ich schließlich. «Das verstehe ich wahrhaftig nicht!»

«Aber ich. Ich verstehe das genau, Bertie. Dein Mut hat dich verlassen. Bevor du riskierst, den Zorn deines Onkels zu erregen, lässt du lieber ...»

«Nein, nein! Wirklich!»

«Lieber verlierst du mich, als dass du riskierst, das Geld zu verlieren. Vielleicht hast du geglaubt, ich hätte das, was ich gesagt habe, nicht ernst gemeint. Jedes einzelne Wort war mein Ernst. Unser Verlöbnis ist beendet.»

«Aber ... hör doch mal!»

«Kein Wort mehr!»

«Aber Florence, altes Mädchen!»

«Ich will nichts mehr hören. Ich weiß jetzt, dass deine Tante Agatha völlig recht hatte, und ich glaube, dass ich nochmal Glück gehabt habe. Es gab eine Zeit, als ich dachte, man könnte mit Geduld etwas Brauchbares aus dir machen. Jetzt sehe ich, dass du unmöglich bist!»

Und damit rauschte sie ab und überließ es mir, die Scherben wegzuräumen. Als ich die Trümmer halbwegs aufgelesen hatte, ging ich auf mein Zimmer und läutete nach Jeeves. Er kam herein mit einem Blick, als sei nichts gewesen und als werde auch nie etwas sein. Er war das ruhigste aller domestizierten Wesen.

«Jeeves!», schrie ich. «Jeeves, das Päckchen ist in London angekommen!»

«So, Sir?»

«Haben Sie es abgeschickt?»

«Ja, Sir. Es war zu Ihrem Besten, Sir. Meiner Ansicht nach überschätzen Sie und Lady Florence die Gefahr, dass die Leute sich durch die Erwähnung ihres Namens in Sir Willoughbys Erinnerungen verletzt fühlen könnten. Nach meiner Erfahrung, Sir, sieht der normale Mensch seinen Namen gerne gedruckt, gleichgültig, was über ihn gesagt wird. Ich habe eine Tante, Sir, deren geschwollene Beine ihr vor einigen Jahren ein

obtained considerable relief – so much so that she sent them an unsolicited testimonial. Her pride at seeing her photograph in the daily papers in connexion with descriptions of her Iower limbs before taking, which were nothing less than revolting, was so intense that it led me to believe that publicity, of whatever sort, is what nearly everybody desires. Moreover, if you have ever studied psychology, sir, you will know that respectable old gentlemen are by no means averse to having it advertised that they were extremely wild in their youth. I have an uncle –"

I cursed his aunts and his uncles and him and all the rest of the family.

"Do you know that Lady Florence has broken off her engagement with me?"

"Indeed, sir?"

Not a bit of sympathy! I might have been telling him it was a fine day.

"You're sacked!"

"Very good, sir."

He coughed gently.

"As I am no longer in your employment, sir, I can speak freely without appearing to take a liberty. In my opinion you and Lady Florence were quite unsuitably matched. Her ladyship is of a highly determined and arbitrary temperament, quite opposed to your own. I was in Lord Worplesdon's service for nearly a year, during which time I had ample opportunities of study-ing her ladyship. The opinion of the servants' hall was far from favourable to her. Her ladyship's temper caused a good deal of adverse comment among us. It was at times quite impossible. You would not have been happy, sir!"

"Get out!"

Martyrium bereiteten. Sie nahm Walkinshaws Vorzugssalbe, die ihr große Linderung verschaffte, woraufhin sie der Firma unaufgefordert ein Dankesschreiben sandte. Der Anblick ihres Fotos in den Tageszeitungen sowie die Beschreibung ihrer Gliedmaßen, welche vor der Behandlung nachgerade abstoßend waren, erfüllten sie mit großem Stolz, weshalb ich glaube, dass Publicity jedweder Art genau das ist, was beinahe jedermann sich wünscht. Im Übrigen, Sir, wenn Sie sich je mit Psychologie befasst haben, werden Sie wissen, dass achtbare ältere Herren durchaus nicht abgeneigt sind, verbreiten zu lassen, sie hätten es in ihrer Jugend toll getrieben. Ich habe einen Onkel …»

Ich verfluchte seine Tanten und seine Onkel und ihn und den ganzen Rest seiner Sippschaft.

«Wissen Sie, dass Lady Florence das Verlöbnis mit mir gelöst hat?»

«Tatsächlich, Sir?»

Kein Fünkchen Anteilnahme! Als ob ich gesagt hätte, das Wetter sei schön.

«Sie sind entlassen!»

«Sehr wohl, Sir.»

Er hüstelte.

«Da ich jetzt nicht mehr in Ihren Diensten stehe, Sir, kann ich ja offen mit Ihnen sprechen, ohne dass es so aussieht, als wollte ich mir Freiheiten herausnehmen. Meiner Ansicht nach waren Sie und Lady Florence ein ganz und gar ungleiches Paar. Ihre Ladyschaft ist von sehr herrischem und launenhaftem Wesen, das dem Ihren völlig entgegensteht. Ich war fast ein Jahr in Lord Worplesdons Diensten, und in dieser Zeit hatte ich ausgiebig Gelegenheit, ihre Ladyschaft zu beobachten. Im Dienerflügel war die Meinung über sie sehr ungünstig. Die Launen ihrer Ladyschaft gaben uns Anlass zu allerhand abfälligen Kommentaren. Mitunter war sie ganz unerträglich. Sie wären nicht glücklich geworden, Sir!»

«Hinaus!»

"I think you would also have found her educational methods a little trying, sir. I have glanced at the book her ladyship gave you – it has been lying on your table since our arrival – and it is, in my opinion, quite unsuitable. You would not have enjoyed it. And I have it from her ladyship's own maid, who happened to overhear a conversation between her ladyship and one of the gentlemen staying here – Mr Maxwell, who is employed in an editorial capacity by one of the reviews – that it was her intention to start you almost immediately upon Nietzsche. You would not enjoy Nietzsche, sir. He is fundamentally unsound."

"Get out!"

"Very good, sir."

It's rummy how sleeping on a thing often makes you feel quite different about it. It's happened to me over and over again. Somehow or other, when I woke next morning the old heart didn't feel half so broken as it had done. It was a perfectly topping day, and there was something about the way the sun came in at the window and the row the birds were kicking up in the ivy that made me half wonder whether Jeeves wasn't right. After all, though she had a wonderful profile, was it such a catch being engaged to Florence Craye as the casual observer might imagine? Wasn't there something in what Jeeves had said about her character? I began to realize that my ideal wife was something quite different, something a lot more clinging and drooping and prattling, and what not.

I had got as far as this in thinking the thing out when that *Types of Ethical Theory* caught my eye. I opened it, and I give you my honest word this was what hit me:

«Sie hätten vermutlich auch ihre Erziehungsmethoden als ein wenig unangenehm empfunden. Ich habe einen Blick in das Buch geworfen, das ihre Ladyschaft Ihnen gab – es liegt seit unserer Ankunft auf Ihrem Tisch – und es ist nach meiner Ansicht gänzlich ungeeignet. Sie hätten keine Freude daran gehabt. Zufällig wurde die Zofe ihrer Ladyschaft Zeugin eines Gesprächs zwischen ihrer Ladyschaft und einem der Gäste im Hause, Mr Maxwell, der in redaktioneller Funktion bei einer der literarischen Zeitschriften beschäftigt ist, und von ihr weiß ich, dass ihre Ladyschaft beabsichtigte, Sie in Kürze mit Nietzsche anfangen zu lassen. Sie würden Nietzsche nicht mögen, Sir. Er ist ein durch und durch morbider Geist.»

«Hinaus!»

«Sehr wohl, Sir.»

Es ist schon komisch, wie ganz anders man eine Sache betrachtet, wenn man mal darüber geschlafen hat. Das ist mir immer wieder so gegangen. Irgendwie hat sich mein Herz beim Aufstehen am nächsten Morgen nur noch halb so gebrochen angefühlt wie vorher. Es war einfach ein wunderschöner Tag, und da war etwas in der Art und Weise, wie die Sonne durchs Fenster strahlte und die Vögel im Efeu Radau machten, dass ich mich fragte, ob Jeeves nicht doch irgendwo recht hatte. Schließlich hatte sie zwar ein wunderbares Profil, aber war denn eine Verlobung mit Florence Craye wirklich die gute Partie, die der zufällige Betrachter darin erblicken mochte? War da nicht etwas dran an dem, was Jeeves über ihren Charakter gesagt hatte? Es wurde mir klar, dass meine Idealfrau ein ganz anderes Wesen war, mehr anhänglich und hingebungsvoll und plauderhaft und was nicht alles.

Ich war mit meinen Gedanken über die Angelegenheit bis an diesen Punkt gekommen, als mein Blick auf die *Typen ethischer Theorien* fiel. Ich schlug das Buch auf, und ich gebe Ihnen mein Ehrenwort, dass Folgendes mir ins Auge sprang:

Of the two antithetic terms in the Greek philosophy one only was real and self-subsisting; and that one was Ideal Thought as opposed to that which it has to penetrate and mould. The other, corresponding to our Nature, was in itself phenomenal, unreal, without any permanent footing, having no predicates that held true for two moments together; in short, redeemed from negation only by including indwelling realities appearing through.

Well – I mean to say – what? And Nietzsche, from all accounts, a lot worse than that!

"Jeeves," I said, when he came in with my morning tea, "I've been thinking it over. You're engaged again."

"Thank you, sir."

I sucked down a cheerful mouthful. A great respect for this bloke's judgement began to soak through me.

"Oh, Jeeves," I said; "about that check suit."

"Yes, sir?"

"Is it really a frost?"

"A trifle too bizarre, sir, in my opinion."

"But lots of fellows have asked me who my tailor is."

"Doubtless in order to avoid him, sir."

"He's supposed to be one of the best men in London."

"I am saying nothing against his moral character, sir."

I hesitated a bit. I had a feeling that I was passing into this chappie's clutches, and that if I gave in now I should become just like poor old Aubrey Fothergill, unable to call my soul my own.

On the other hand, this was obviously a cove of rare intelligence, and it would be a comfort in a lot of ways to have him doing the thinking for me. I made up my mind.

Von den beiden antithetischen Begriffen in der griechischen Philosophie war nur einer real und eigenständig, nämlich jener des ideellen Denkens als des Gegensatzes zu dem, was es zu durchdringen und zu formen hat. Der andere, welcher unserem Begriff der «Natur» entspricht, war an sich phänomenologisch, irreal, ohne feste Grundlage, und es kamen ihm keine Prädikationen zu, die auch nur einen Augenblick Bestand hatten; kurzum, er wurde vor seiner Negation nur dadurch bewahrt, dass er ihm innewohnende, durchscheinende Realitäten umschloss.

Na ... ich meine ... wie? Und dieser Nietzsche dem Vernehmen nach noch viel schlimmer!

«Jeeves», sagte ich, als er mit dem morgendlichen Tee hereinkam, «ich hab's mir nochmal überlegt. Sie sind wieder eingestellt.»

«Danke, Sir.»

Ich schlürfte einen wohlgelaunten Mundvoll. Hochachtung vor der Urteilskraft dieses Menschen durchflutete mich.

«Ach, Jeeves», sagte ich. «Wegen dieses karierten Anzugs.»

«Ja, Sir?»

«Ist er wirklich so eine Fehlkonstruktion?»

«Etwas zu eigenwillig, Sir, nach meiner Ansicht.»

«Aber mich haben viele gefragt, wer mein Schneider ist.»

«Zweifellos, um ihn zu meiden, Sir.»

«Er soll einer der besten in London sein.»

«Ich sage auch nichts gegen seine moralischen Qualitäten, Sir.»

Ich zögerte ein bisschen. Mein Gefühl sagte mir, dass ich auf dem besten Weg in die Klauen dieses Burschen war; wenn ich jetzt nachgab, würde es mir genauso gehen wie dem armen alten Aubrey Fothergill, und meine Seele wäre nicht mehr mein. Andererseits war er offensichtlich ein Kerl von außerordentlichem Scharfsinn, und es wäre in vieler Hinsicht beruhigend, wenn er das Denken für mich besorgte. Ich fällte meine Entscheidung.

"All right, Jeeves," I said. "You know! Give the bally thing away to somebody!"

He looked down at me like a father gazing tenderly at the wayward child.

"Thank you, sir. I gave it to the under-gardener last night. A little more tea, sir?"

«Also gut, Jeeves», sagte ich. «Wissen Sie was, verschenken Sie das dämliche Ding an irgendwen!»

Er blickte auf mich herab wie ein Vater, der gütig sein trotziges Kind betrachtet.

«Danke, Sir. Ich habe ihn gestern Abend dem Hilfsgärtner gegeben. Noch etwas Tee, Sir?»

It was a beautiful afternoon. The sky was blue, the sun
yellow, butterflies flitted, birds tooted, bees buzzed and,
to cut a long story short, all Nature smiled. But on Lord
Emsworth's younger son Freddie Threepwood,
as he sat in his sports model car at the front door of
Blandings Castle, a fine Alsatian dog at his side, these
excellent weather conditions made little impression.
He was thinking of dog biscuits.

Freddie was only an occasional visitor at the castle
these days. Some years before, he had married the
charming daughter of Mr Donaldson of Donaldson's
Dog Joy, the organization whose aim it is to keep the
American dog one hundred per cent red-blooded by
supplying it with wholesome and nourishing biscuits,
and had gone off to Long Island City, U.S.A., to work
for the firm. He was in England now because his father-
in-law, anxious to extend Dog Joy's sphere of influence,
had sent him back there to see what he could do in the
way of increasing sales in the island kingdom. Aggie,
his wife, had accompanied him, but after a week or so
had found life at Blandings too quiet for her and had left
for the French Riviera. The arrangement was that at the
conclusion of his English campaign Freddie should join
her there.

He was drying his left ear, on which the Alsatian had
just bestowed a moist caress, when there came down
the front steps a small, dapper elderly gentleman with
a black-rimmed monocle in his eye. This was that nota-
ble figure of London's Bohemia, his Uncle Galahad, at
whom the world of the theatre, the racecourse and the
livelier type of restaurant had been pointing with pride

Es war ein herrlicher Nachmittag. Der Himmel war blau, die Sonne golden, Schmetterlinge gaukelten, Vögel flöteten, Bienen summten und, um es kurz zu machen, die ganze Natur lächelte. Aber auf Lord Emsworths jüngeren Sohn Freddie Threepwood, der in seinem Sportwagen vor dem Eingang von Blandings Castle saß, einen hübschen Schäferhund an seiner Seite, machten diese glänzenden Witterungsverhältnisse nur wenig Eindruck. Er dachte an Hundekuchen.

Freddie war jetzt nur noch gelegentlich zu Gast auf dem Schloss. Er war seit ein paar Jahren mit der charmanten Tochter Mr Donaldsons von «Donaldsons Hundeglück» verheiratet, jenem Unternehmen, dessen Anliegen es ist, das Blut des amerikanischen Hundes durch Zufuhr von gesundem und nahrhaftem Hundekuchen hundertprozentig rot zu erhalten, und war nach Long Island City, USA, gegangen, um dort für die Firma zu arbeiten. Er befand sich jetzt in England, weil sein Schwiegervater, bestrebt, den Einflussbereich von «Hundeglück» auszudehnen, ihn dorthin zurückgeschickt hatte, um zu erkunden, was sich im Inselreich tun ließe, damit der Absatz vergrößert werden könnte. Seine Frau Aggie hatte ihn begleitet, aber als sie nach etwa einer Woche feststellte, dass ihr das Leben auf Blandings zu ruhig war, war sie an die französische Riviera abgereist. Es war vereinbart, dass Freddie sie nach Abschluss seiner Kampagne in England dort treffen sollte.

Er trocknete sich gerade das linke Ohr, auf das ihm der Schäferhund soeben eine feuchte Liebkosung gedrückt hatte, als ein kleiner, adretter älterer Gentleman mit schwarzgerandetem Monokel im Auge die Vordertreppe herunterkam. Es war dies jene bekannte Gestalt der Londoner Bohème, sein Onkel Galahad, auf den das Publikum der Theater, der Rennplätze und der flotteren Restaurants seit Jahren voll Stolz deutete. Er

for years. He greeted him cordially. To his sisters Constance, Julia, Dora and Hermione Gally might be a blot on the escutcheon, but in Freddie he excited only admiration. He considered him a man of infinite resource and sagacity, as indeed he was.

"Well, young Freddie," said Gally. "Where are you off to with that dog?"

"I'm taking him to the Fanshawes."

"At Marling Hall? That's where that pretty girl I met you with the other day lives, isn't it?"

"That's right. Valerie Fanshawe. Her father's the local Master of Hounds. And you know what that means."

"What does it mean?"

"That he's the managing director of more dogs than you could shake a stick at, each dog requiring the daily biscuit. And what could be better for them than Donaldson's Dog Joy, containing as it does all the essential vitamins?"

"You're going to sell him dog biscuits?"

"I don't see how I can miss. Valerie is the apple of his eye, to whom he can deny nothing. She covets this Alsatian and says if I'll give it to her, she'll see that the old man comes through with a substantial order. I'm about to deliver it f.o.b."

"But, my good Freddie, that dog is Aggie's dog. She'll go up in flames."

"Oh, that's all right. I've budgeted for that. I have my story all set and ready. I shall tell her it died and I'll get her another just as good. That'll fix Aggie. But I mustn't sit here chewing the fat with you, I must be up and about and off and away. See you later," said Freddie, and disappeared in a cloud of smoke.

He left Gally pursing his lips. A lifetime spent

begrüßte ihm mit Herzlichkeit. Für seine Schwestern Constance, Julia, Dora und Hermione mochte Gally ein Fleck auf der Familienehre sein, aber in Freddie weckte er nur Bewunderung. Er hielt ihn für einen Mann von grenzenloser Erfindungsgabe und Lebensklugheit, was er ja auch war.

«Na, Freddie, mein Junge», sagte Gally, «wohin geht's denn mit dem Hund?»

«Ich bringe ihn zu den Fanshawes.»

«Auf Marling Hall? Wohnt da nicht das hübsche Mädchen, mit dem ich dich neulich gesehen habe?»

«Stimmt. Valerie Fanshawe. Ihr Vater ist hier im Jagdclub der Führer der Hundemeute. Und du weißt ja, was das bedeutet.»

«Was bedeutet es denn?»

«Dass er Chef über mehr Hunde ist, als du mit einem Stock verjagen könntest, und jeder einzelne Hund braucht täglich seinen Hundekuchen. Und was könnte für sie besser sein als ‹Donaldsons Hundeglück›, das doch alle wichtigen Vitamine enthält.»

«Du willst ihm Hundekuchen verkaufen?»

«Ich sehe da kein Problem. Valerie ist sein Augapfel, er kann ihr nichts abschlagen. Sie wünscht sich diesen Schäferhund und sagt, wenn ich ihn ihr schenke, sorgt sie dafür, dass ihr Alter mit einem stattlichen Auftrag herausrückt. Also werde ich ihn frei Haus liefern.»

«Aber mein lieber Freddie, dieser Hund ist Aggies Hund! Sie wird explodieren!»

«Ach, das geht in Ordnung. Ich habe das schon mit einkalkuliert. Meine Geschichte ist fix und fertig. Ich werde ihr erzählen, er sei gestorben und ich würde ihr einen neuen kaufen, der genauso schön ist. Damit hätten wir Aggie. Aber ich sollte nicht hier sitzen und mit dir schwatzen. Ich muss auf und davon und hinaus und hinweg. Bis später!», rief Freddie und verschwand in einer Qualmwolke.

Gally blieb mit gespitzten Lippen zurück. Ein Leben in der

in the society of bookies, racecourse touts and skittle sharps had made him singularly broadminded, but he could not regard these tactics with approval. Shaking his head, he went back into the house and in the hall encountered Beach, the castle butler. Beach was wheezing a little, for he had been hurrying, and he was no longer the streamlined young butler he had been when he had first taken office.

"Have I missed Mr Frederick, sir?"

"By a hair's breadth. Why?"

"This telegram has arrived for him, Mr Galahad. I thought it might be important."

"Most unlikely. Probably somebody just wiring him the result of the four o'clock race somewhere. Give it to me. I'll see that he gets it on his return."

He continued on his way, feeling now rather at a loose end. A sociable man, he wanted someone to talk to. He could of course go and chat with his sister Lady Constance, who was reading a novel on the terrace, but something told him that there would be little profit and entertainment in this. Most of his conversation consisted of anecdotes of his murky past, and Connie was not a good audience for these. He decided on consideration to look up his brother Clarence, with whom it was always a pleasure to exchange ideas, and found that mild and dreamy peer in the library staring fixedly at nothing.

"Ah, there you are, Clarence," he said, and Lord Emsworth sat up with a startled "Eh, what?", his stringy body quivering.

"Oh, it's you, Galahad."

"None other. What's the matter, Clarence?"

"Matter?"

Gesellschaft von Buchmachern und Leuten die Renntipps verkaufen oder beim Kegeln schummeln, hatte ihn ungewöhnlich tolerant werden lassen, aber solches Taktieren konnte er nicht gutheißen. Kopfschüttelnd ging er ins Haus zurück und traf in der Halle auf Beach, den Butler des Schlosses. Beach keuchte ein wenig, denn er war gerannt, und er war jetzt nicht mehr der windschnittige junge Butler, als der er einst seinen Dienst angetreten hatte.

«Habe ich Mr Frederick verpasst, Sir?»

«Um Haaresbreite. Warum?»

«Dieses Telegramm ist für ihn eingetroffen, Mr Galahad. Ich dachte, es könnte wichtig sein.»

«Höchst unwahrscheinlich. Vermutlich telegrafiert ihm nur irgendwer das Ergebnis irgendeines Vier-Uhr-Rennens. Geben Sie's mir, ich sorge dafür, dass er es bei seiner Rückkehr bekommt.»

Er ging weiter, ohne recht zu wissen, was er mit sich anfangen sollte. Als geselliger Mensch brauchte er immer jemanden zum Reden. Natürlich hätte er zu seiner Schwester Constance, die auf der Terrasse ein Buch las, gehen können, um mit ihr zu plaudern, aber irgendetwas sagte ihm, dass das wenig Gewinn und Unterhaltung bringen würde. Seine Konversation bestand weitgehend aus Anekdoten aus seiner zweifelhaften Vergangenheit, und für diese war Connie keine gute Zuhörerin. Nach einigem Nachdenken beschloss er, seinen Bruder Clarence aufzusuchen. Es war immer eine Freude, mit ihm Gedanken auszutauschen, und er fand diesen sanften und verträumten Edelmann in der Bibliothek, wo er unverwandt auf nichts Bestimmtes starrte.

«Ah, da bist du ja, Clarence», sagte er, worauf Lord Emsworth sich mit einem erschreckten «Wie, was?» und am ganzen hageren Leib zitternd aufrichtete.

«Ach, du bist's, Galahad.»

«Niemand anderes. Was ist los, Clarence?»

«Los?»

"There's something on your mind. The symptoms are unmistakable. A man whose soul is at rest does not leap like a nymph surprised while bathing when somebody tells him he's there. Confide in me."

Lord Emsworth was only too glad to do so. A sympathetic listener was precisely what he wanted.

"It's Connie," he said. "Did you hear what she was saying at breakfast?"

"I didn't come down to breakfast."

"Ah, then you probably missed it. Well, right in the middle of the meal – I was eating a kippered herring at the time – she told me she was going to get rid of Beach."

"What! Get rid of Beach?"

"'He is so slow', she said. 'He wheezes. We ought to have a younger, smarter butler'. I was appalled. I choked on my kippered herring."

"I don't blame you. Blandings without Beach is unthinkable. So is Blandings with what she calls a young, smart butler at the helm. Good God! I can picture the sort of fellow she would get, some acrobatic stripling who would turn somersaults and slide down the banisters. You must put your foot down, Clarence."

"Who, me?" said Lord Emsworth.

The idea seemed to him too bizarre for consideration. He was, as has been said, a mild, dreamy man, his sister Constance a forceful and imperious woman modelled on the lines of the late Cleopatra. Nominally he was the master of the house and as such entitled to exercise the Presidential Veto, but in practice Connie's word was always law. Look at the way she made him wear a top hat at the annual village school treat. He had reasoned and pleaded, pointing out in the

«Du hast doch was auf dem Herzen. Die Symptome sind unverkennbar. Ein Mann, in dessen Seele Frieden herrscht, springt doch nicht auf wie eine Nymphe, die man beim Baden überrascht, wenn jemand ihm sagt, dass er da ist. Vertraue dich mir an.»

Lord Emsworth tat das nur zu gerne. Ein teilnahmsvoller Zuhörer war genau das, was er brauchte.

«Es ist wegen Connie», sagte er. «Hast du gehört, was sie beim Frühstück sagte?»

«Ich bin zum Frühstück nicht heruntergekommen.»

«So, dann hast du's wahrscheinlich nicht mitbekommen. Tja, mitten in der Mahlzeit – ich aß gerade geräucherten Hering – sagte sie mir, sie wolle Beach loswerden.»

«Was! Beach loswerden?»

«‹Er ist so langsam›, sagte sie. ‹Er keucht. Wir brauchten einen jüngeren, agileren Butler.› Ich war entsetzt. Ich habe mich an meinem Räucherhering verschluckt.»

«Das kann ich gut verstehen. Ohne Beach ist Blandings unvorstellbar. Ebenso mit einem, wie sie es nennt, jungen, agilen Butler am Ruder. Du lieber Gott! Ich kann mir genau vorstellen, was für eine Art von Kerl sie anstellen würde: Irgend so einen akrobatischen Grünschnabel, der Purzelbäume schlägt und die Treppengeländer hinunterrutscht. Du musst ihr die Stirn bieten, Clarence.»

«Wer, ich?», fragte Lord Emsworth.

Der Gedanke erschien ihm zu absurd, um ernsthaft erwogen zu werden. Er war, wie gesagt, ein sanftmütiger, verträumter Mann, seine Schwester Constance aber eine starke und herrische Frau von einer Machart wie die selige Kleopatra. Nominell war er der Hausherr, und als solcher besaß er das Vetorecht des Präsidenten, aber in der Praxis hatte Connies Wort Gesetzeskraft. Man denke nur einmal daran, wie sie ihn alljährlich zwang, bei der Schulfeier im Dorf einen Zylinder zu tragen. Er hatte es mit Vernunft und guten Worten versucht und auf die

clearest possible way that for a purely rural festivity of that sort a simple fishing hat would be far more suitable, but every year when August came around there he was, balancing the beastly thing on his head again and just asking the children in the tea tent to throw rock cakes at it.

"I can't put my foot down with Connie."

"Well, I can, and I'm going to. Fire Beach, indeed! After eighteen years devoted service. The idea's monstrous."

"He would of course receive a pension."

"It's no good her thinking she can gloss it over with any talk about pensions. Wrap it up as she may, the stark fact remains that she's planning to fire him. She must not be allowed to do this frightful thing. Good heavens, you might just as well fire the Archbishop of Canterbury."

He would have spoken further, but at this moment there came from the stairs outside the slumping of feet, announcing that Freddie was back from the Fanshawes and on his way to his room. Lord Emsworth winced. Like so many aristocratic fathers, he was allergic to younger sons and since going to live in America Freddie had acquired a brisk, go-getter jumpiness which jarred upon him.

"Frederick," he said with a shudder, and Gally started.

"I've got a telegram for Freddie," he said. "I'd better take it up to him."

"Do," said Lord Emsworth. "And I think I will be going and having a look at my flowers."

He left the room and making for the rose garden pottered slowly to and fro, sniffing at its contents. It was a procedure which as a rule gave him great pleas-

denkbar klarste Weise darauf hingewiesen, dass ein schlichter Anglerhut für ein rein ländliches Fest dieser Art weitaus angemessener sei, aber jedes Jahr, wenn es August wurde, stand er wieder da und balancierte auf dem Kopf dieses entsetzliche Ding, das die Kinder im Teezelt geradezu einlud, mit Gebäck danach zu werfen.

«Ich kann Connie nicht die Stirn bieten.»

«Also ich kann es und ich tu es. Beach hinauswerfen! Allerhand! Nach achtzehn Jahren treuer Dienste. Ungeheuerlicher Gedanke!»

«Er bekäme natürlich eine Pension.»

«Sie soll nur nicht glauben, sie könnte mit diesem Gerede von Pensionen etwas beschönigen. Wie sie's auch verpackt, es bleibt die nackte Tatsache, dass sie vorhat, ihn zu feuern. Man darf nicht zulassen, dass sie so was Entsetzliches tut. Du lieber Himmel, genauso gut könnte man den Erzbischof von Canterbury feuern!»

Er hätte noch weitergesprochen, wenn nicht in diesem Augenblick von draußen das Poltern von Schritten gekommen wäre und angezeigt hätte, dass Freddie von den Fanshawes zurück und auf dem Weg in sein Zimmer war. Lord Emsworth zuckte zusammen. Wie so viele aristokratische Väter war er allergisch gegen jüngere Söhne, und Freddie war, seit er in Amerika lebte, von einer hektischen Geschäftigkeit, die an seines Vaters Nerven zerrte.

«Frederick», sagte er mit Schaudern, und Gally sprang auf.

«Ich habe ein Telegramm für Freddie», sagte er. «Ich bring's ihm besser hinauf.»

«Tu das», sagte Lord Emsworth, «Und ich denke, ich werde mir mal meine Blumen besehen.»

Er verließ das Zimmer und strebte dem Rosengarten zu, wo er hin und her schlenderte und an allem schnupperte, was darinnen wuchs. Dies war eine Beschäftigung, die ihm in der Regel viel Freude machte, aber heute fand sein schweres Herz

ure, but today his heavy heart found no solace in the scent of roses. Listlessly he returned to the library and took a favourite pig book from its shelf. But even pig books were no palliative. The thought of Beach fading from the Blandings scene, if a man of his bulk could be said to fade, prohibited concentration.

He had sunk into a sombre reverie, when it was interrupted by the entrance of the subject of his gloomy meditations.

"Pardon me, m'lord," said Beach. "Mr Galahad desires me to ask if you would step down to the smoking-room and speak to him."

"Why can't he come up here?"

"He has sprained his ankle, m'lord. He and Mr Frederick fell downstairs."

"Oh?" said Lord Emsworth, not particularly interested. Freddie was always doing odd things. So was Galahad. "How did that happen?"

"Mr Galahad informs me that he handed Mr Frederick a telegram. Mr Frederick, having opened and perused it, uttered a sharp exclamation, reeled, clutched at Mr Galahad, and they both fell downstairs. Mr Frederick, too, has sprained his ankle. He has retired to bed."

"Bless my soul. Are they in pain?"

"I gather that the agony has to some extent abated. They have been receiving treatment from the kitchen maid. She is a Brownie."

"She's a *what*?"

"A Brownie, m'lord. I understand it is a species of female Boy Scout. They are instructed in the fundamentals of first aid."

"Eh? First aid? Oh, you mean first aid," said Lord Emsworth, reading between the lines. "Bandages and that sort of thing, what?"

keinen Trost beim Duft von Rosen. Lustlos kehrte er in die Bibliothek zurück und nahm sein Lieblingsbuch über Schweine vom Regal. Aber selbst Bücher über Schweine verschafften keine Linderung. Der Gedanke, dass Beach von der Bildfläche in Blandings verschwinden sollte (falls ein Mann von seiner Leibesfülle überhaupt verschwinden kann), verhinderte jegliche Konzentration.

Er war in düsteres Grübeln versunken, als der Gegenstand seiner missmutigen Betrachtungen eintrat und ihn unterbrach.

« Verzeihung, Mylord », sagte Beach. « Mr Galahad bat mich, Sie zu fragen, ob Sie freundlicherweise in den Rauchsalon kommen würden, um mit ihm zu reden. »

« Warum kann er nicht heraufkommen? »

« Er hat sich das Fußgelenk verstaucht, Mylord. Er und Mr Frederick fielen die Treppe hinunter. »

« So? », fragte Lord Emsworth ohne sonderliches Interesse. Freddie veranstaltete immer seltsame Dinge. Galahad auch. « Wie ist das denn passiert? »

« Mr Galahad teilte mir mit, er habe Mr Frederick ein Telegramm ausgehändigt. Nachdem Mr Frederick es geöffnet und durchgelesen hatte, schrie er auf, schwankte, klammerte sich an Mr Galahad, und beide fielen die Treppe hinunter. Mr Frederick hat sich ebenfalls das Fußgelenk verstaucht. Er hat sich zu Bett begeben. »

« Du liebe Zeit! Haben sie Schmerzen? »

« Wie ich höre, haben die Leiden etwas nachgelassen. Das Küchenmädchen hat sie behandelt. Sie war bei den Brownies. »

« Bei den was? »

« Bei den Brownies, Mylord. Das sind dem Vernehmen nach eine Art weibliche Pfadfinder. Sie werden in den Grundlagen der Ersten Hilfe unterwiesen. »

« Was? Erste Hilfe? Ach, Sie meinen *Erste Hilfe* », sagte Lord Emsworth, der zwischen den Zeilen las. « Also Verbände und so was, wie? »

"Precisely, m'lord."

By the time Lord Emsworth reached the smoking-room the Brownie had completed her ministrations and gone back to her *Screen Gems*. Gally was lying on a sofa, looking not greatly disturbed by his accident. He was smoking a cigar.

"Beach tells me you had a fall," said Lord Emsworth.

"A stinker," Gally assented. "As who wouldn't when an ass of a nephew grabs him at the top of two flights of stairs."

"Beach seems to think Frederick's action was caused by some bad news in the telegram which you gave to him."

"That's right. It was from Aggie."

"Aggie?"

"His wife."

"I thought her name was Frances."

"No, Niagara."

"What a peculiar name."

"A gush of sentiment on the part of her parents. They spent the honeymoon at Niagara Falls."

"Ah yes, I have heard of Niagara Falls. People go over them in barrels, do they not? Now there is a thing I would not care to do myself. Most uncomfortable, I should imagine, though no doubt one would get used to it in time. Why was her telegram so disturbing?"

"Because she says she's coming here and will be with us the day after tomorrow."

"I see no objection to that."

"Freddie does, and I'll tell you why. He's gone and given her dog to Valerie Fanshawe."

"Who is Valerie Fanshawe?"

«Ganz recht, Mylord.»

Als Lord Emsworth schließlich den Rauchsalon erreichte, hatte die ehemalige Pfadfinderin ihre Hilfeleistung beendet und war zu ihren *Stars der Leinwand* zurückgekehrt. Gally lag auf einem Sofa und schien nicht sonderlich erschüttert durch diesen Unfall. Er rauchte eine Zigarre.

«Beach sagte mir, du hättest einen Sturz getan», sagte Lord Emsworth.

«Einen teuflischen», bestätigte Galahad. «Und wer täte da keinen, wenn er von einem tölpelhaften Neffen auf dem oberen von zwei Treppenabsätzen gepackt wird.»

«Beach scheint zu glauben, dass Fredericks Verhalten durch irgendwelche schlechten Nachrichten in dem Telegramm, das du ihm gegeben hast, ausgelöst wurde.»

«Das stimmt. Es war von Aggie.»

«Aggie?»

«Seiner Frau.»

«Ich dachte, sie hieße Frances.»

«Nein, Niagara.»

«Ein merkwürdiger Name.»

«Ein Gefühlsausbruch ihrer Eltern. Sie verbrachten die Flitterwochen an den Niagarafällen.»

«Ach ja, von den Niagarafällen habe ich schon gehört. Da lassen sich doch manche Leute in Fässern hinuntertreiben, nicht? Also, das ist etwas, das ich selbst nicht gern täte. Ich stelle es mir sehr unbequem vor, obwohl man sich mit der Zeit sicherlich daran gewöhnt. Weshalb war ihr Telegramm denn so beunruhigend?»

«Weil sie schreibt, dass sie herkommt und übermorgen bei uns sein wird.»

«Dagegen wird doch wohl niemand etwas einwenden?»

«Freddie schon, und ich werde dir sagen, warum. Er hat ihren Hund Valerie Fanshawe geschenkt.»

«Wer ist Valerie Fanshawe?»

"The daughter of Colonel Fanshawe of Marling Hall, the tally-ho and view-halloo chap. Haven't you met him?"

"No," said Lord Emsworth, who never met anyone, if he could help it. "But why should Frances object to Frederick giving this young woman a dog?"

"I didn't say *a* dog, I said *her* dog. Her personal Alsatian, whom she loves to distraction. However, that could be straightened out, I imagine, with a few kisses and a remorseful word or two if Valerie Fanshawe were a girl with a pasty face and spectacles, but unfortunately she isn't. Her hair is golden, her eyes blue, and years of huntin', shootin', and fishin', not to mention swimmin', tennis-playin' and golfin', have rendered her figure lissom and slender. She looks like something our of a beauty chorus, and as you are probably aware the little woman rarely approves of her mate being on chummy terms with someone of that description. Let Aggie get one glimpse of Valerie Fanshawe and learn that Freddie has been showering dogs on her, and she'll probably divorce him."

"Surely not?"

"It's on the cards. American wives get divorces at the drop of a hat."

"Bless my soul. What would Frederick do then?"

"Well, her father obviously wouldn't want him working at his dog biscuit emporium. I suppose he would come and live here."

"What, at the castle?" cried Lord Emsworth, appalled. "Good God!"

"So you see how serious the situation is. However, I've been giving it intense thought, turning here a stone, exploring there an avenue, and I am glad to

«Die Tochter von Colonel Fanshawe von Marling Hall, diesem Halali- und Horrido-Burschen. Bist du ihm denn nie begegnet?»

«Nein», erwiderte Lord Emsworth, der nie jemandem begegnete, wenn er es vermeiden konnte. «Aber warum sollte Frances dagegen sein, dass Frederick dieser jungen Frau einen Hund schenkt?»

«Ich sagte nicht *einen* Hund, ich sagte *ihren* Hund. Ihren eigenen Schäferhund, den sie bis zur Selbstvergessenheit liebt. Aber ich denke, das könnte man mit ein paar Küssen und ein oder zwei reumütigen Worten wieder einrenken, wenn Valerie Fanshawe ein Mädchen mit käsigem Gesicht und Brille wäre, aber leider ist sie das nicht. Ihr Haar ist golden, ihre Augen blau, und jahrelanges Reiten, Jagen und Fischen, ganz zu schweigen vom Schwimmen, Tennis und Golf, haben ihre Figur rank und schlank gemacht. Sie sieht aus wie aus einer Revuetanzgruppe, und wie du sicherlich weißt, schätzen es die wenigsten Ehefrauen, wenn ihr Gatte zu jemandem, auf den diese Beschreibung passt, ein enges Verhältnis hat. Wenn Aggie auch nur einen Blick auf Valerie Fanshawe wirft und erfährt, dass er sie mit Hunden überschüttet hat, dann lässt sie sich garantiert von ihm scheiden.»

«Das kann doch nicht sein?»

«Es ist durchaus drin. Amerikanische Frauen lassen sich schon wegen der kleinsten Lappalie scheiden.»

«Du meine Güte! Was würde Frederick dann machen?»

«Nun, ihr Vater würde ihn sicher nicht mehr in seinem Hundekuchenladen arbeiten lassen. Wahrscheinlich würde er wieder hier wohnen.»

«Was, hier auf dem Schloss?», rief Lord Emsworth entsetzt. «Großer Gott!»

«Du siehst also, wie ernst die Lage ist. Ich habe jedoch eingehend darüber nachgedacht und hier über Mittel und dort über Wege gegrübelt, und ich freue mich, sagen zu können,

say I have found the solution. We must get that dog back before Aggie arrives."

"You will ask Valerie Fanshawe to return it?"

"Not quite that. She wold never let it go. It will have to be pinched, and that's where you come in."

"I?"

"Who else is there? Freddie and I are both lying on beds of pain, unable to move, and we can hardly ask Connie to oblige. You are our only mobile force. Your quick intelligence has probably already told you what you have to do. What do people do when they've got a dog? They instruct the butler to let it out for a run last thing at night."

"Do they?"

"Invariably. Or bang go their carpets. Every dog has its last-thing-at-night outing, and I think we can safely assume that it will be via the back door."

"What the back door?"

"Via."

"Oh, via? Yes, yes, quite."

"So you must pop over to the Fanshawes – say around ten o'clock – and lurk outside their back door till the animal appears, and bring it back here."

Lord Emsworth stared, aghast.

"But, Galahad!"

"It's no good saying 'But, Galahad!'. It's got to be done. You don't want Freddie's whole future to turn blue at the edges and go down the drain, do you? Let alone having him at the castle for the rest of his life. Ah, I see you shudder. I thought you would. And, dash it, it's not much I'm asking of you. Merely to go and stand in a back garden and scoop in a dog. A child could do it. If it wasn't that we want to keep the

dass ich die Lösung gefunden habe. Wir müssen den Hund zurückkriegen, bevor Aggie ankommt.»

«Du willst Valerie Fanshawe bitten, ihn zurückzugeben?»

«Nicht ganz. Sie würde ihn nie hergeben. Man wird ihn stibitzen müssen, und an dieser Stelle kommst du ins Spiel.»

«Ich?»

«Wer denn sonst? Freddie und ich liegen beide auf dem Schmerzenslager darnieder und können uns nicht bewegen, und Connie können wir doch wohl kaum bitten, uns diesen Gefallen zu tun. Du bist unsere einzige mobile Kraft. Dein schneller Verstand hat dir wahrscheinlich schon gesagt, was du zu tun hast. Was tun Leute, wenn sie einen Hund haben? Sie tragen dem Butler auf, ihn kurz vorm Schlafengehen nochmal rauszulassen.»

«So?»

«Auf alle Fälle. Sonst sind ihre Teppiche hin. Jeder Hund hat seinen Kurz-vor-dem-Schlafengehen-Auslauf, und ich glaube, wir können es als sicher annehmen, dass der via die Hintertüre erfolgt.»

«*Was* die Hintertüre?»

«Via.»

«Ach, via! Jaja, natürlich.»

«Du musst also rüber zu den Fanshawes gehen – sagen wir so gegen zehn – und an ihrer Hintertüre lauern, bis das Vieh erscheint, und es dann herbringen.»

Lord Emsworth starrte entgeistert.

«Aber Galahad!»

«Es hat keinen Zweck, ‹Aber Galahad› zu sagen. Es muss sein. Du willst doch nicht, dass sich Freddies Zukunftsaussichten an den Rändern düster verfärben und den Bach hinuntergehen, oder? Gar nicht davon zu reden, wie es wäre, wenn wir ihn für den Rest seines Lebens hier auf dem Schloss hätten. Siehst du, da schaudert's dich. Das dachte ich mir. Und, du meine Güte, ich verlange doch nicht viel von dir. Nur, dass du dich in einen Garten stellst und dir einen Hund schnappst. Ein Kin-

thing a secret just between ourselves, I'd hand the job over to the Brownie."

"But what if the dog refuses to accompany me? After all, we've scarcely met."

"I've thought of that. You must sprinkle your trouser legs with aniseed. Dogs follow aniseed to the ends of the earth."

"But I have no aniseed."

"Beach is bound to be able to lay his hands on some. And Beach never asks questions. Unlike Connie's young, smart butler, who would probably be full of them. Oh, Beach," said Gally, who had pressed the bell. "Have we aniseed in the house?"

"Yes, Mr Galahad."

"Bring me a stoup of it, will you?"

"Very good, sir," said Beach.

If the request surprised him, he did not show it. Your experienced butler never allows himself to look surprised at anything. He brought the aniseed. At the appointed hour Lord Emsworth drove off in Freddie's sports model car, smelling to heaven. And Gally, left alone, lit another cigar and turned his attention to the *Times* crossword puzzle.

He found it, however, difficult to concentrate on it. This was not merely because these crossword puzzles had become so abstruse nowadays and he was basically a Sun-god-Ra and Large-Australian-bird-emu man. Having seen Lord Emsworth off on his journey, doubts and fears were assailing him. He was wishing he could feel more confident of his brother's chances of success in the mission which had been entrusted to him. A lifetime association with him had left him feeling that the head of the family was a frail reed on which to lean in an emergency. His genius for

derspiel. Wenn wir die Sache nicht für uns behalten müssten, würde ich das der Pfadfinderin überlassen.»

«Aber was ist, wenn der Hund sich weigert mitzukommen? Wir sind uns ja schließlich kaum je begegnet.»

«Daran habe ich schon gedacht. Du musst dir Anisschnaps auf die Hosenbeine spritzen. Dem Duft von Anisschnaps laufen Hunde bis ans Ende der Welt nach.»

«Aber ich habe keinen Anisschnaps.»

«Beach kann mit Sicherheit welchen beschaffen. Und Beach stellt keine Fragen. Im Gegensatz zu Connies jungem, alerten Butler, der wahrscheinlich einige auf Lager hätte. Ach, Beach», sagte Gally, der die Klingel betätigt hatte, «haben wir Anisschnaps im Haus?»

«Ja, Mr Galahad.»

«Bitte bringen Sie mir einen Humpen voll!»

«Sehr wohl, Sir», sagte Beach.

Wenn ihn die Bitte überrascht hatte, dann zeigte er es nicht. Der erfahrene Butler lässt sich niemals Überraschung anmerken. Er brachte den Anisschnaps. Zur festgesetzten Stunde fuhr Lord Emsworth in Freddies Sportwagen los. Er stank zum Himmel. Und Gally, allein zurückgeblieben, steckte sich eine neue Zigarre an und wandte seine Aufmerksamkeit dem Kreuzworträtsel in der *Times* zu.

Er fand es jedoch schwer, sich zu konzentrieren, und das nicht nur, weil diese Kreuzworträtsel heutzutage so abstrus geworden waren und er es mehr mit «Sonnengott: Ra» und «Großer australischer Laufvogel: Emu» hielt. Nachdem er Lord Emsworth verabschiedet hatte, bedrängten ihn Zweifel und Ängste. Er wünschte sehr, er könnte die Erfolgsaussichten seines Bruders in der Mission, mit der er ihn betraut hatte, zuversichtlicher beurteilen. Eine lebenslange Verbindung mit ihm hatte ihn schließlich zu der Einsicht geführt, dass das Oberhaupt der Familie ein zerbrechliches Schilfrohr war, wenn man sich im Notfall einmal auf ihn stützen wollte. Sein

doing the wrong thing was a byword in his circle of acquaintance.

Which, he was asking himself, of the many ways open to him for messing everything up would Lord Emsworth select? Drive the car into a ditch? Go to the wrong house? Or would he forget all about his assignment and sit by the roadside musing on pigs? It was impossible to say, and Gally's emotions were similar to those of a general who, having planned a brilliant piece of strategy, finds himself dubious as to the ability of his troops to carry it out. Generals in such circumstances chew their moustaches in an overwrought sort of way, and Gally would have chewed his, if he had had one.

Heavy breathing sounded outside the door. Beach entered.

"Miss Fanshawe, sir," he announced.

Gally's acquaintance with Valerie Fanshawe was only a slight one and in the interval since they had last met he had forgotten some of her finer points. Seeing her now, he realized how accurate had been his description of her to Lord Emsworth. In the best and deepest sense of the words she was a dish and a pippin – in short, the very last type of girl to whom a young husband should have given his wife's Alsatian.

"Good evening," he said. "You must forgive me for not rising as directed in the books of etiquette. I've sprained my ankle."

"Oh, I'm sorry," said Valerie. "I hope I'm not disturbing you."

"Not at all."

"I asked for Mr Threepwood, forgetting there were two of you. I came to see Freddie."

"He's gone to bed. He has sprained his ankle."

Talent, das Falsche zu tun, war in seinem Bekanntenkreis sprichwörtlich.

Welche der vielen Möglichkeiten, so fragte er sich, die ihm offenstanden, um alles zu vermasseln, würde Lord Emsworth wohl wählen? Das Auto in den Graben fahren? Zum falschen Haus gehen? Oder würde er seinen Auftrag ganz vergessen und sich an den Straßenrand setzen, um über Schweine zu sinnieren? Es war unmöglich vorherzusagen, und Gallys Gefühle glichen denen eines Generals, der eine brillante Strategie entworfen hat und dem nun Zweifel kommen, ob seine Truppen in der Lage sein werden, sie auszuführen. In einer solchen Lage pflegen Generale nervös an ihrem Schnurrbart zu kauen, und auch Gally hätte an seinem gekaut, wenn er einen gehabt hätte.

Schweres Schnaufen erklang draußen vor der Tür. Beach trat ein.

«Miss Fanshawe, Sir», verkündete er.

Gallys Bekanntschaft mit Valerie Fanshawe war nur oberflächlich, und seit seiner letzten Begegnung mit ihr hatte er einige ihrer besonders reizvollen Seiten vergessen. Als er sie jetzt sah, fiel ihm auf, wie akkurat er sie Lord Emsworth beschrieben hatte. Sie war im besten und wahrsten Sinne des Wortes ein süßer Käfer und ein Schnuckiputz – kurz, das letzte Mädchen, dem ein junger Ehemann den Schäferhund seiner Frau hätte schenken sollen.

«Guten Abend», sagte er. «Sie müssen entschuldigen, wenn ich nicht aufstehe, wie es die Etikette verlangt. Ich habe mir den Fuß verstaucht.»

«Oh, das tut mir leid», sagte Valerie. «Ich hoffe, ich störe Sie nicht.»

«Überhaupt nicht.»

«Ich fragte nach Mr Threepwood und vergaß dabei, dass es ja zwei gibt. Ich wollte Freddie besuchen.»

«Der liegt im Bett. Er hat sich den Fuß verstaucht.»

The girl seemed puzzled.

"Aren't you getting the cast of characters mixed up?" she said. "It was you who sprained the ankle."

"Freddie also."

"What, both of you? What happened?"

"We fell downstairs together."

"What made you do that?"

"Oh, we thought we would. Can I give Freddie a message?"

"If you wouldn't mind. Tell him that all is well. Did he mention to you that he was trying to sell Father those dog biscuits of his?"

"He did."

"Well, I approached Father on the subject and he said Oh, all right, he would give them a try. He said he didn't suppose they would actually poison the dumb chums and as I was making such a point of it he'd take a chance."

"Splendid."

"And I've brought back the dog."

It was only the most sensational piece of news that could make Galiy's monocle drop from his eye. At these words it fell like a shooting star.

"You've done *what*?" he exclaimed, retrieving the monocle and replacing it in order the better to goggle at her.

"He gave me an Alsatian dog this afternoon, and I've brought it back."

"You mean you don't want it?"

"I want it all right, but I can't have it. The fathead's first act on clocking in was to make a bee line for Father's spaniel and try to assassinate it, the one thing calculated to get himself socially ostracized. Father thinks the world of that spaniel. 'Who let this canine

Das Mädchen schien verwirrt.

«Bringen Sie da nicht die Liste der Mitwirkenden durcheinander?», fragte sie. «*Sie* haben sich doch den Fuß verstaucht.»

«Freddie auch.»

«Was, Sie beide? Was ist denn passiert?»

«Wir fielen zusammen die Treppe hinunter.»

«Wieso denn das?»

«Ach, wir wollten es mal ausprobieren. Kann ich Freddie etwas ausrichten?»

«Das wäre nett. Bitte sagen Sie ihm, dass alles in Ordnung ist. Hat er Ihnen erzählt, dass er versucht, Vater seine Hundekuchen zu verkaufen?»

«Ja.»

«Nun, ich habe Vater deswegen angesprochen, und er sagte, na schön, er würde es mal mit ihnen versuchen. Er meinte, sie würden wohl die stummen Gefährten nicht direkt vergiften, und da ich solchen Wert darauf legte, würde er das Risiko eingehen.»

«Großartig!»

«Und ich habe den Hund zurückgebracht.»

Nur außergewöhnlich sensationelle Neuigkeiten konnten bewirken, dass Gally das Monokel aus dem Auge fiel. Bei diesen Worten fiel es wie eine Sternschnuppe.

«*Was* haben Sie?», rief er, nach dem Monokel angelnd, um sie dann um so ungläubiger anzustarren, als es wieder eingesetzt war.

«Er hat mir heute Nachmittag einen Schäferhund geschenkt, und ich habe ihn zurückgebracht.»

«Heißt das, Sie wollen ihn nicht?»

«Ich will ihn schon, aber ich kann ihn nicht behalten. Gleich nach Dienstantritt ist dieser Knallkopf schnurstracks auf Vaters Spaniel losgegangen und hat versucht, ihn zu meucheln, und genau das hätte er nicht tun dürfen, denn jetzt ist er in Acht und Bann. Vater hält nämlich große Stücke auf den Spaniel.

paranoiac into the house?' he thundered, foaming at the mouth. I said I had. 'Where did you get the foul creature?' he demanded. 'Freddie gave him to me,' I said. 'Then you can damn well take him back to this Freddie, whoever he is, he –"

"Vociferated?"

"Yes, vociferated. 'And let me add,' he said, 'that I am about to get my gun and count ten, and if the animal's still around when I reach that figure, I shall blow his head off at the roots and the Lord have mercy on his soul.' Well, I'm pretty quick and I saw right away that what he was hinting at was that he preferred not to associate with the dog, so I've brought him back. I think he went off to the Servants Hall to have a bite of supper. I shall miss him, of course. Still, easy come, easy go."

And so saying Valerie Fanshawe, reverting to the subject of Gally's ankle, expressed a hope that he would not have to have it amputated, and withdrew.

If at this moment somebody had started to amputate Gally's ankle, it is hardly probable that he would have noticed it, so centred were his thoughts on this astounding piece of good luck which had befallen a nephew of whom he had always been fond. If, as he supposed, it was the latter's guardian angel, who had engineered the happy ending like a conjuror pulling a rabbit out of a hat, he would have liked to slap him on the back and tell him how greatly his efforts were appreciated. Joy cometh in the morning, he told himself, putting the clock forward a little, and by way of celebrating the occasion he rang for Beach and asked him to bring him a whisky and soda.

‹Wer hat diesen Irren von einem Hund ins Haus gelassen?›, hat er mit Schaum vor dem Mund gedonnert. ‹Ich›, sagte ich. ‹Woher hast du diesen miesen Köter?›, wollte er wissen. ‹Freddie hat ihn mir gegeben›, sagte ich. ‹Dann kannst du ihn verdammt nochmal zurückbringen zu diesem Freddie, wer immer das ist!›, hat er darauf …»

«… geschrien?»

«Ja, geschrien. ‹Und noch was›, brüllte er. ‹Ich hole jetzt mein Gewehr und zähle bis zehn, und wenn ich zu dieser Zahl komme und das Vieh ist immer noch da, dann trenne ich ihm mit einem Schuss den Kopf vom Rumpf, und Gott sei seiner Seele gnädig.› Na, ich schalte ja schnell, und deshalb wusste ich sofort, dass er damit sagen wollte, er ziehe es vor, sich mit dem Hund nicht näher bekanntzumachen. Darum habe ich ihn zurückgebracht. Ich glaube, er ist in den Diensbotenflügel gegangen, um einen Happen zu Abend zu fressen. Ich werde ihn natürlich vermissen. Naja, wie gewonnen, so zerronnen.»

Und mit diesen Worten kehrte Valerie Fanshawe zum Thema von Gallys Fußgelenk zurück, gab ihrer Hoffnung Ausdruck, dass man den Fuß nicht werde amputieren müssen, und zog sich zurück.

Wenn sich in diesem Augenblick jemand darangemacht hätte, Gallys Fuß zu amputieren, dann hätte er das höchstwahrscheinlich gar nicht bemerkt, so sehr konzentrierten sich seine Gedanken auf dieses erstaunliche Glück, das seinem Neffen, den er stets gern gemocht hatte, zuteil geworden war. Wenn, wie er vermutete, der Schutzengel des Letzteren dieses Happyend inszeniert hatte wie ein Zauberer, der ein Kaninchen aus dem Zylinder zieht, dann hätte er diesem jetzt gern auf die Schulter geklopft und gesagt, seine Bemühungen fänden dankbare Anerkennung. Morgenstund hat Gold im Mund, dachte er bei sich, wobei er der Uhrzeit ein wenig vorauseilte, und um den Anlass zu feiern, klingelte er nach Beach und bat ihn, einen Whisky Soda zu bringen.

It was some considerable time before the order was filled, and Beach was full of apologies for his tardiness.

"I must express my regret for being so long, Mr Galahad. I was detained on the telephone by Colonel Fanshawe."

"The Fanshawe family seem very much with us tonight. Is there a Mrs Fanshawe?"

"I understand so, Mr Galahad."

"No doubt she will be dropping in shortly. What did the Colonel want?"

"He was asking for his lordship, but I have been unable to locate him."

"He's gone for a stroll."

"Indeed? I was not aware. Colonel Fanshawe wished him to come to Marling Hall tomorrow morning in his capacity of Justice of the Peace. It appears that the butler at Marling Hall apprehended a prowler who was lurking in the vicinity of the back door and has locked him in the cellar. Colonel Fanshawe is hoping that his lordship will give him a sharp sentence."

For the second time that night GalIy's monocle had fallen from the parent eye socket. He had not, as we have seen, been sanguine with regard to the possibility of his brother getting through the evening without mishap, but he had not foreseen anything like this. This was outstanding, even for Clarence.

"Beach," he said, "this opens up a new line of thought. You speak of a prowler."

"Yes, sir."

"Who was lurking at the Fanshawe back door and is now in the Fanshawe cellar."

"Yes, sir."

"Well, here's something for your files. The prowl-

Es dauerte eine erkleckliche Zeit, bis die Bestellung ausgeführt wurde, und Beach war voll des Bedauerns wegen seiner Säumigkeit.

«Ich muss mich vielmals entschuldigen, dass es so lange gedauert hat, Mr Galahad. Ich wurde am Telefon durch Colonel Fanshawe aufgehalten.»

«Die Familie Fanshawe scheint heute Abend hier sehr präsent zu sein. Gibt es auch eine Mrs Fanshawe?»

«Dem Vernehmen nach ja, Mr Galahad.»

«Dann wird sie sicherlich bald hereinschauen. Was wollte der Colonel denn?»

«Er fragte nach seiner Lordschaft, aber es war mir unmöglich, ihn ausfindig zu machen.»

«Er macht einen Spaziergang.»

«So? Das wusste ich nicht. Colonel Fanshawe möchte, dass er morgen früh in seiner Eigenschaft als Friedensrichter nach Marling Hall kommt. Anscheinend hat der Butler von Marling Hall einen Herumtreiber aufgegriffen, der in der Nähe der Hintertür lauerte, und ihn in den Keller gesperrt. Colonel Fanshawe hofft sehr, dass seine Lordschaft ihn empfindlich bestrafen wird.»

Zum zweiten Mal an diesem Abend fiel Gallys Monokel aus seiner angestammten Augenhöhle. Er war, wie wir schon sahen, nicht sehr hoffnungsvoll gewesen, was die Möglichkeiten seines Bruders betraf, den Abend ohne Missgeschick zu überstehen, aber mit so etwas hatte er nicht gerechnet. Das übertraf alles, selbst für Clarences Verhältnisse.

«Beach», sagte er, «das eröffnet eine neue Perspektive. Sie sprachen von einem Herumtreiber.»

«Ja, Sir.»

«Der an der fanshaweschen Hintertür lauerte und sich nun im fanshaweschen Keller befindet.»

«Ja, Sir.»

«Nun, das Folgende können Sie zu Ihren Akten nehmen. Der

er you have in mind was none other than Clarence, ninth Earl of Emsworth."

"Sir!"

"I assure you. I sent him to Marling Hall on a secret mission, the nature of which I am not empowered to disclose, and how he managed to get copped we shall never know. Suffice it that he did and is now in the cellar. Wine cellar or coal?"

"Coal, I was given to understand, sir."

"Our task, then, is to get him out of it. Don't speak. I must think, I must think."

When an ordinary man is trying to formulate a scheme for extricating his brother from a coal cellar, the procedure is apt to be a lengthy one involving the furrowed brow, the scratched head and the snapped finger, but in the case of a man like Gally this is not so. Only a minimum of time had elapsed before he was able to announce that he had got it.

"Beach!"

"Sir?"

"Go to my bedroom, look in the drawer where the handkerchiefs are, and you will find a small bottle containing white tablets. Bring it to me."

"Very good, sir. Would this be the bottle to which you refer, sir?" asked Beach, returning a few minutes later.

"That's the one. Now a few necessary facts. Is the butler at the Fanshawe's a pal of yours?"

"We are acquainted, sir."

"Then he won't be surprised if you suddenly pay him a call?"

"I imagine not, Mr Galahad. I sometimes do when I find myself in the neighbourhood of Marling Hall."

"And on these occasions he sets them up?"

bewusste Herumtreiber war kein anderer als Clarence, neunter Earl von Emsworth. »

« Aber Sir ! »

« Es ist so ! Ich habe ihn nach Marling Hall geschickt in einer geheimen Mission, deren Natur ich nicht ermächtigt bin, Ihnen zu enthüllen, und wir werden wohl nie erfahren, wie er es fertigbrachte, sich schnappen zu lassen. Genug also damit, dass er es tat und nun im Keller steckt. Wein- oder Kohlenkeller? »

« Kohlenkeller, soviel ich weiß, Sir. »

« Unsere Aufgabe ist es nun, ihn da herauszuholen. Sprechen Sie jetzt nicht ! Ich muss nachdenken, ich muss nachdenken. »

Wenn ein gewöhnlicher Mann versucht, einen Plan zur Befreiung seines Bruders aus einem Kohlenkeller zu konzipieren, dann wird sich diese Prozedur leicht in die Länge ziehen und Stirnrunzeln, Kopfkratzen und Fingerschnipsen mit sich bringen, aber im Falle eines Mannes wie Gally ist das anders. Es verging nur ein Minimum an Zeit, bis er verkünden konnte, dass er es habe.

« Beach ! »

« Sir? »

« Gehen Sie in mein Schlafzimmer und schauen Sie in die Schublade mit den Taschentüchern. Sie werden dort ein Fläschchen mit weißen Tabletten finden. Bringen Sie mir das bitte. »

« Sehr wohl, Sir. – Ist dies die Flasche, die Sie erwähnten, Sir? », fragte er, als er wenige Minuten später zurückkam.

« Das ist die richtige. Jetzt die nötigsten Fakten : Ist der fanshawesche Butler ein Freund von Ihnen? »

« Wir sind Bekannte, Sir. »

« Überrascht es ihn also nicht, wenn Sie ihm einen plötzlichen Besuch abstatten? »

« Ich denke nicht, Sir. Ich tue das mitunter, wenn ich mich in der Nähe von Marling Hall befinde. »

« Und bei diesen Gelegenheiten stellt er was auf den Tisch, oder? »

"Sir?"

"You drain a cup or two?"

"Oh yes, sir. I am always offered refreshment."

"Then it's all over but the cheering. You see this bottle, Beach? It contains what are known as Mickey Finns. The name is familiar to you?"

"No, sir."

"They are a recognized sedative in the United States. When I last went to New York, a great friend of mine, a bartender on Eighth Avenue, happened to speak of them and was shocked to learn that I had none in my possession. They were things, he said, which nobody should be without. He gave me a few, assuring me that sooner or later they were bound to come in useful. Hitherto I have had no occasion to make use of them, but I think you will agree that now is the time for them to come to the aid of the party. You follow me, Beach?"

"No, sir."

"Come, come. You know my methods, apply them. Slip one of these into this butler's drink, and almost immediately you will see him fold up like a tired lily. Your path thus made straight, you proceed to the cellar, unleash his lordship and bring him home."

"But, Mr Galahad!"

"Now what?"

"I hardly like –"

"Don't stand there making frivolous objections. If Clarence is not extracted from that cellar before tomorrow morning, his name will be mud. He will become a hissing and a byword."

"Yes, sir, but –"

«Sir?»

«Sie leeren ein Glas oder zwei?»

«Gewiss, Sir. Ich bekomme stets eine Erfrischung angeboten.»

«Dann haben wir ja schon alles bis auf den Applaus. Sehen Sie diese Flasche, Beach? Sie enthält sogenannte *Mickey Finns*. Ist Ihnen dieser Name bekannt?»

«Nein, Sir.»

«In den Vereinigten Staaten sind sie ein bewährtes Beruhigungsmittel. Ein guter Freund von mir, ein Barkeeper auf der Eighth Avenue, erwähnte sie zufällig während meines letzten Aufenthalts in New York, und er war entsetzt, als er hörte, dass ich keine besaß. Das sei etwas, sagte er, das nirgendwo fehlen sollte. Er gab mir ein paar und versicherte mir, sie würden mir früher oder später bestimmt einmal zustatten kommen. Bislang hatte ich keine Gelegenheit, von ihnen Gebrauch zu machen, aber Sie werden mir sicherlich zustimmen, dass jetzt die Zeit gekommen ist, sie zu Hilfe zu nehmen. Können Sie mir folgen, Beach?»

«Nein, Sir.»

«Na, kommen Sie. Sie kennen doch meine Methoden, also wenden Sie sie an. Tun Sie eines von diesen Dingern heimlich dem Butler ins Glas, und Sie werden sehen, dass er sogleich zusammensinkt wie eine welke Lilie. Wenn Ihr Weg dergestalt geebnet ist, begeben Sie sich in den Keller, nehmen seine Lordschaft von der Kette und bringen ihn nach Hause.»

«Aber, Mr Galahad!»

«Na, was denn?»

«Ich möchte eigentlich nicht ...»

«Hören Sie auf, leichtfertige Einwände zu erheben. Wenn Clarence nicht bis morgen früh aus dem Keller heraus ist, wird man seinen Namen durch den Dreck ziehen. Er wird zum Getuschel und Gespött werden.»

«Ja, Sir, aber ...»

"And don't overlook another aspect of the matter. Perform this simple task, and there will be no limit to his gratitude. Purses of gold will change hands. Camels bearing apes, ivory and peacocks, all addressed to you, will shortly be calling at the back door of Blandings Castle. You will clean up to an unimaginable extent."

It was a powerful plea. Beach's two chins, which had been waggling unhappily, ceased to waggle. A light of resolution came into his eyes. He looked like a butler who has stiffened the sinews and summoned up the blood, as recommended by Henry the Fifth.

"Very good, Mr Galahad," he said.

Gally resumed his crossword puzzle, more than ever convinced that the compiler of the clues was suffering from softening of the brain, and in due course heavy breathing woke him from the light doze into which he had fallen while endeavouring to read sense into '7 across' and he found that Beach was back from the front. He had the air of one who has recently passed through some great spiritual experience. "Well?" said Gally. "All washed up? Everything nice and smooth?"

"Yes, Mr Galahad."

"You administered the medium dose for an adult?"

"Yes, Mr Galahad."

"And released his lordship?"

"Yes, Mr Galahad."

"That's my boy. Where is he?"

"Taking a bath, Mr Galahad. He was somewhat begrimed. Would there be anything further, sir?"

"Not a thing. You can go to bed and sleep peacefully. Good night."

«Und da ist noch etwas, das Sie nicht übersehen sollten. Führen Sie diese einfache Aufgabe aus, und seine Dankbarkeit wird keine Grenzen kennen. Beutel voll Gold werden den Besitzer wechseln. Kamele, beladen mit Affen, Elfenbein und Pfauen, alles an Sie adressiert, werden in Bälde vor dem Lieferanteneingang von Blandings Castle stehen. Sie werden in nie gekanntem Maße absahnen.»

Dieser Appell tat seine Wirkung. Beachs Doppelkinn, das sich bis dahin unglücklich auf und ab bewegt hatte, hörte auf, sich auf und ab zu bewegen. Entschlossenheit leuchtete in seinen Augen. Er sah aus wie ein Butler, der seine Sehnen gespannt und das Blut herbeigerufen hat, wie dies Heinrich der Fünfte empfiehlt.

«Sehr wohl, Mr Galahad», sagte er.

Gally nahm wieder sein Kreuzworträtsel auf, mehr denn je davon überzeugt, dass der Verfasser der Fragen an Gehirnerweichung leide; nach einem angemessenen Weilchen weckte ihn schweres Atmen aus dem leichten Schlummer, in welchen er während seines Bemühens gesunken war, den Sinn von «7 waagerecht» herauszubekommen, und er fand Beach von der Front zurückgekehrt. Dieser sah aus wie jemand, der gerade eine tiefe spirituelle Erfahrung hinter sich hat.

«Na?», sagte Gally. «Geschafft? Alles in Butter?»

«Ja, Mr Galahad.»

«Haben Sie die mittlere Dosis für Erwachsene verabreicht?»

«Ja, Mr Galahad.»

«Und seine Lordschaft befreit?»

«Ja, Mr Galahad.»

«So ist's brav. Wo steckt er denn?»

«Er nimmt ein Bad, Mr Galahad. Er war etwas verunreinigt. Haben Sie noch einen Wunsch, Sir?»

«Nein, nichts. Sie können sich hinlegen und in Frieden schlafen. Gute Nacht.»

"Good night, sir."

It was some minutes later, while Gally was wrestling with '12 down', that he found his privacy invaded by a caller with whom he had not expected to hobnob. It was very seldom that his sister Constance sought his society. Except for shivering austerely whenever they met, she rarely had much to do with him.

"Oh, hullo, Connie," he said. "Are you any good at crossword puzzles?"

Lady Constance did not say "To hell with crossword puzzles," but it was plain that only her breeding restrained her from doing so. She was in one of those moods of imperious wrath which so often had reduced Lord Emsworth to an apologetic jelly.

"Galahad," she said. "Have you seen Beach?"

"Just been chatting with him. Why?"

"I have been ringing for him for half an hour. He really is quite past his duties."

"Clarence was telling me that that was how you felt about him. He said you were thinking of firing him."

"I am."

"I shouldn't."

"What do you mean?"

"You'll rue the day."

"I don't understand you."

"Then let me tell you a little bedtime story."

"Please do not drivel, Galahad. Really I sometimes think that you have less sense than Clarence."

"It is a story," Gally proceeded, ignoring the slur, "of a feudal devotion to the family interests which it would be hard to overpraise. It shows Beach in so favourable a light that I think you will agree that

«Gute Nacht, Sir.»

Wenige Minuten später, während Gally sich gerade mit «12 senkrecht» abmühte, wurde er in seiner ruhigen Zurückgezogenheit von einem Besucher gestört, mit dem er kein Stelldichein erwartet hatte. Es kam nicht oft vor, dass seine Schwester Constance seine Nähe suchte. Abgesehen davon, dass sie jedes Mal abweisend schauderte, wenn sie ihm begegnete, hatte sie selten etwas mit ihm zu tun.

«Oh, hallo Connie», rief er. «Bist du einigermaßen gut in Kreuzworträtseln?»

Lady Constance sagte darauf zwar nicht: «Zum Teufel mit Kreuzworträtseln», aber man sah ihr an, dass allein ihre gute Erziehung sie davon abhielt. Sie war wieder einmal in jener Stimmung großmächtigen Zorns, die aus Lord Emsworth schon so oft einen kleinlauten Wackelpeter gemacht hatte.

«Galahad», sagte sie. «Hast du Beach gesehen?»

«Hab' gerade mit ihm geplaudert. Wieso?»

«Seit einer halben Stunde klingle ich schon nach ihm. Er ist seinen Aufgaben wahrhaftig nicht mehr gewachsen.»

«Clarence sagte mir schon, dass du diese Ansicht hegst. Er sagte, du hättest vor, ihn zu feuern.»

«Das habe ich auch.»

«Das täte ich aber nicht.»

«Was soll das heißen?»

«Du würdest den Tag bereuen.»

«Ich verstehe dich nicht.»

«Dann will ich dir eine kleine Gutenachtgeschichte erzählen.»

«Bitte fasele nicht, Galahad. Manchmal glaube ich wirklich, du hast noch weniger Verstand als Clarence.»

«Die Geschichte», fuhr Galahad, die Verunglimpfung ignorierend, fort, «handelt von Dienertreue angesichts von Familieninteressen, wie man sie gar nicht hoch genug preisen kann. Sie lässt Beach in einem äußerst günstigen Licht erscheinen,

when you speak of giving him the heave-ho you are talking, if you will forgive me saying so, through the back of your neck."

"Have you been drinking, Galahad?"

"Only a series of toasts to a butler who will go down in legend and song. Here comes the story."

He told it well, omitting no detail however slight, and as his narrative unfolded an ashen pallor spread over Lady Constance's face and she began to gulp in a manner which would have interested any doctor specializing in ailments of the thoracic cavity.

"So there you are," said Gally, concluding. "Even if you are not touched by his selfless service and lost in admiration of his skill in slipping Mickey Finns into people's drinks, you must realize that it would be madness to hand him the pink slip. You can't afford to have him spreading the tale of Clarence's activities all over the county, and you know as well as I do that, if sacked, he will dine out on the thing for months. If I were you, Connie, I would reconsider."

He eyed the wreck of what had once been a fine upstanding sister with satisfaction. He could read the message of those gulps, and could see that she was reconsidering.

und du wirst mir deshalb gewiss zustimmen, dass du – falls mir der Ausdruck gestattet ist – Blech redest, wenn du davon sprichst, ihm den Laufpass zu geben.»

«Hast du getrunken, Galahad?»

«Ich habe nur ein paar Toasts ausgebracht auf einen Butler, der noch in die Legenden und Gesänge eingehen wird. Die Geschichte geht so.»

Er erzählte sie gut, ließ auch Geringfügiges nicht aus, und während die Erzählung sich entfaltete, legte aschene Fahlheit sich über Lady Constances Antlitz. Sie fing dermaßen an zu schlucken, dass es einen Spezialisten für Leiden des Brustraumes interessiert hätte.

«Siehst du», sagte Gally abschließend, «selbst wenn dich seine aufopfernden Dienste kaltlassen und du es nicht maßlos bewunderst, wie geschickt er *Mickey Finns* in anderer Leute Getränken platziert, so musst du doch einsehen, dass es Wahnsinn wäre, ihm den blauen Brief zu geben. Du kannst es dir nicht leisten, dass er im ganzen Land die Kunde von Clarences Taten verbreitet, denn wenn man ihn an die Luft setzt, das weißt du so gut wie ich, dann wird er die Sache monatelang jedem für ein warmes Essen auftischen. An deiner Stelle würde ich mir das nochmal überlegen, Connie.»

Befriedigt betrachtete er das Wrack, das einst eine stattliche Schwester gewesen war. Er wusste, was dieses Schlucken bedeutete, und er sah, dass sie es sich noch mal überlegte.

In these disturbed days in which we live, it has probably occurred to all thinking men that something drastic ought to be done about aunts. Speaking for myself, I have long felt that stones should be turned and avenues explored with a view to putting a stopper on the relatives in question. If someone were to come to me and say, "Wooster, would you be interested in joining a society I am starting whose aim will be the suppression of aunts or at least will see to it that they are kept on a short chain and not permitted to roam hither and thither at will, scattering desolation on all sides", I would reply, "Wilbraham," if his name was Wilbraham, "I am with you heart and soul. Put me down as a foundation member." And my mind would flit to the sinister episode of my Aunt Dahlia and the Fothergill Venus, from which I am making only a slow recovery. Whisper the words "Marsham Manor" in my ear, and I still quiver like a humming-bird.

At the time of its inception, if inception is the word I want, I was, I recall, feeling at the top of my form and without a care in the world. Pleasantly relaxed after thirty-six holes of golf and dinner at the Drones, I was lying on the *chez Wooster* sofa doing the *Telegraph* crossword puzzle, when the telephone rang. I could hear Jeeves out in the hall dealing with it, and presently he trickled in.

"Mrs Travers, sir."

"Aunt Dahlia? What does she want?"

"She did not confide in me, sir. But she appears anxious to establish communication with you."

Wahrscheinlich ist es in unseren unruhigen Zeiten jedem vernunftbegabten Menschen schon einmal durch den Kopf gegangen, dass in Bezug auf Tanten drastische Schritte unternommen werden müssten. Ich für mein Teil bin schon seit langem der Ansicht, dass man alle Hebel in Bewegung setzen sollte, um besagte Anverwandte abzuschaffen. Wenn jemand zu mir käme und sagte: «Wooster, hätten Sie nicht Lust, meinem neuen Verein beizutreten, dessen Ziel es sein soll, Tanten zu verbieten oder wenigstens dafür zu sorgen, dass sie an die kurze Leine gelegt werden und nicht nach Belieben mal hier, mal da auftauchen und dabei allseits Unheil stiften dürfen?», dann würde ich erwidern: «Wilbraham», sofern sein Name Wilbraham wäre, «ich bin mit Herzen dabei. Notieren Sie mich als Gründungsmitglied.» Und meine Gedanken würden augenblicklich zurückkehren zu jener düsteren Episode um Tante Dahlia und die Fothergill-Venus, von der ich mich nur sehr langsam erhole. Man braucht mir nur die Worte «Marsham Manor» ins Ohr zu flüstern, und ich zittere wieder wie ein Kolibri.

Zu der Zeit, als das alles anhub, wenn ich mit «anhub» das richtige Wort gewählt habe, war ich, wie ich mich erinnere, in glänzender Verfassung und ohne Sorge auf der Welt. Angenehm entspannt nach zwei Runden Golf und einem Abendessen im Drohnen-Club lag ich gerade auf dem Sofa *chez Wooster* und löste das Kreuzworträtsel im *Telegraph*, als das Telefon klingelte. Ich hörte, wie Jeeves draußen in der Halle sich darum kümmerte, und kurz darauf kleckerte er herein.

«Mrs Travers, Sir.»

«Tante Dahlia? Was will sie denn?»

«Das hat sie mir nicht anvertraut, Sir, aber sie scheint größten Wert darauf zu legen, mit Ihnen Verbindung aufzunehmen.»

"To talk to me, do you mean?"

"Precisely, sir."

A bit oddish it seems to me, looking back on it, that as I went to the instrument I should have had no premonition of an impending doom. Not psychic, that's my trouble. Having no inkling of the soup into which I was so shortly to be plunged, I welcomed the opportunity of exchanging ideas with this sister of my late father who, as is widely known, is my good and deserving aunt, not to be confused with Aunt Agatha, the werewolf. What with one thing and another, it was some little time since we had chewed the fat together.

"What ho, old blood relation," I said.

"Hullo, Bertie, you revolting young blot," she responded in her hearty way. "Are you sober?"

"As a judge."

"Then listen attentively. I'm speaking from an undersized hamlet in Hampshire called Marsham-in-the-Vale. I'm staying at Marsham Manor with Cornelia Fothergill, the novelist. Ever heard of her?"

"Vaguely, as it were. She is not on my library list."

"She would be, if you were a woman. She specializes in rich goo for the female trade."

"Ah, yes, like Mrs Bingo Little. Rosie M. Banks to you."

"That sort of thing, yes, but even goo-ier. Where Rosie M. Banks merely touches the heart strings, Cornelia Fothergill grabs them in both hands and ties them into knots. I'm trying to talk her into letting me have her new novel as a serial for the *Boudoir*."

I got the gist. She has since sold it, but at the time of which I speak this aunt was the proprietor or proprietress of a weekly paper for the half-witted wom-

«Mit mir zu reden, meinen Sie?»

«Ganz recht, Sir.»

Im Nachhinein kommt es mir ja schon etwas merkwürdig vor, dass mir so gar nichts von einem bevorstehenden Unheil schwante, als ich an den Apparat ging. Kein sechster Sinn, das ist mein Fehler. Ahnungslos, wie bald ich in der Tinte sitzen würde, begrüßte ich die Gelegenheit zu einem Gedankenaustausch mit dieser Schwester meines seligen Vaters; sie ist, wie gemeinhin bekannt, meine gute und verdienstvolle Tante ist, nicht zu verwechseln mit Tante Agatha, dem Werwolf. Aus dem einen oder dem anderen Grunde war schon ein Weilchen vergangen, seit wir zuletzt einen Schwatz miteinander hatten.

«Wie steht's, alte Blutsverwandte?», fragte ich.

«Hallo, Bertie, du entsetzlicher junger Schandfleck», versetzte sie in ihrer herzhaften Art. «Bist du nüchtern?»

«Wie ein Stock.»

«Dann hör' gut zu. Ich telefoniere aus einem winzigen Kaff in Hampshire namens Marsham-in-the-Vale. Ich wohne im Marsham Manor bei der Schriftstellerin Cornelia Fothergill. Schon mal gehört?»

«Entfernt, sozusagen. Sie steht nicht auf meiner Bestsellerliste für die Leihbücherei.»

«Das täte sie aber, wenn du eine Frau wärst. Sie ist spezialisiert auf Edelkitsch für weibliche Kundschaft.»

«Ach ja, wie Bingo Littles Frau, dir als Rosie M. Banks bekannt.»

«Etwa in der Art, ja, aber noch kitschiger. Wo Rosie M. Banks nur an die Saiten des Herzens rührt, packt Cornelia Fothergill sie mit beiden Händen und schlingt Knoten. Ich versuche sie dazu zu überreden, mich ihren neuen Roman in Fortsetzungen im *Boudoir* abdrucken zu lassen.»

Ich verstand. Sie hat dieses Blatt inzwischen verkauft, aber zu der Zeit, von der ich hier erzähle, war diese Tante der Verleger oder die Verlegerin einer Wochenzeitschrift für schwach

an called *Milady's Boudoir*, to which I once contrib-
uted an article – a "piece" we old hands call it – on
What The Well-Dressed Man Is Wearing. Like all
weekly papers, it was in the process of turning the
corner, as the expression is, and I could well understand that a serial by a specialist in rich goo would
give it a much-needed shot in the arm.

"How's it coming?" I asked. "Any luck?"

"Not so far. She demurs."

"Dewhats?"

"Murs, you silly ass."

"You mean she meets your pleas with what Jeeves
would call a *nolle prosequi*?"

"Not quite that. She has not closed the door to
a peaceful settlement, but, as I say, she de–"

"Murs?"

"Murs is right. She doesn't say No, but she won't
say Yes. The trouble is that Tom is doing his Gaspard-
the-Miser stuff again."

Her allusion was to my uncle, Thomas Portarlington Travers, who foots the bills for what he
always calls *Madame's Nightshirt*. He is as rich
as creosote, as I believe the phrase is, but like so
many of our wealthier citizens he hates to give up.
Until you have heard Uncle Tom on the subject of
income tax and supertax, you haven't heard anything.

"He won't let me go above five hundred pounds,
and she wants eight."

"Looks like an impasse."

"It did till this morning."

"What happened this morning?"

"Oh, just a sort of break in the clouds. She said
something which gave me the impression that she

begabte Damen mit dem Titel *Milady's Boudoir*, zu der ich einmal einen Artikel – ein «Stück» nennen wir alten Hasen das – beigesteuert habe: Was der gutgekleidete Herr heute trägt. Wie alle Wochenzeitschriften stand sie kurz davor, finanziell die Kurve zu kriegen, wie man so sagt, und ich konnte gut verstehen, dass ein Fortsetzungsroman von einer Spezialistin für Edelkitsch die dringend benötigte Belebungsspritze wäre.

«Wie geht's voran?», fragte ich. «Hast du Glück?»

«Bis jetzt nicht. Sie macht Sperenzien.»

«Spe… was?»

«…renzien, du Esel.»

«Du meinst, sie stellt deinem Ersuchen entgegen, was Jeeves ein *nolle prosequi* nennen würde?»

«Nicht ganz. Sie hat die Tür zu einer friedlichen Lösung noch nicht zugeschlagen, aber sie macht, wie gesagt, Spe…»

«…renzien?»

«…renzien, genau. Sie sagt nicht nein, aber sie will auch nicht ja sagen. Das Problem ist, dass Tom wieder mal Gaspard den Geizigen spielt.»

Dieser Seitenhieb galt meinem Onkel Thomas Portarlington Travers, der alle Rechnungen für *Madames Nachthemd*, wie er es immer nennt, begleicht. Er schwimmt – so lautet, glaube ich, die Redensart – im Fett, aber wie so viele unserer wohlhabenden Mitbürger gibt er nur höchst ungern ab. Wenn Sie Onkel Tom noch nicht über das Thema Einkommensteuer und Steuerzuschlag haben reden hören, dann ist Ihnen etwas entgangen.

«Er will mir nicht erlauben, über fünfhundert Pfund hinauszugehen, und sie verlangt acht.»

«Sieht nach einer Sackgasse aus.»

«Jedenfalls bis heute früh.»

«Und was passierte heute früh?»

«Oh, die Wolken teilten sich, sozusagen. Sie machte eine Bemerkung, aus der ich schloss, dass sie allmählich weich wird

was weakening and that one more shove would do the trick. Are you still sober?"

"I am."

"Then keep so over this next week-end, because you're coming down here."

"Who, me?"

"You, in person."

"But, why?"

"To help me sway her. You will exercise all your charm –"

"I haven't much."

"Well, exercise what you've got. Give her the old oil. Play on her as on a stringed instrument."

I chewed the lip somewhat. I'm not keen on these blind dates. And if life has taught me one thing, it is that the prudent man keeps away from female novelists. But it might be, of course, that a gay house-party was contemplated. I probed her on this point.

"Will anyone else be there? Is there any bright young society, I mean?"

"I wouldn't call the society young, but it's very bright. There's Cornelia's husband, Everard Fothergill the artist, and his father Edward Fothergill. He's an artist, too, of a sort. You won't have a dull moment. So tell Jeeves to pack your effects, and we shall expect you on Friday. You will continue to haunt the house till Monday."

"Cooped up with a couple of artists and a writer of rich goo? I don't like it."

"You don't have to like it," the aged relative assured me. "You just do it. Oh, and by the way, when you get here, I've a little something I want you to do for me."

und jetzt nur noch ein kleiner Schubs nötig ist, um ihr den Rest zu geben. Bist du immer noch nüchtern?»

«Bin ich.»

«Dann bleib es auch am nächsten Wochenende, denn du wirst hier herunter kommen.»

«Wer, ich?»

«Du höchstpersönlich.»

«Aber warum denn?»

«Um mir zu helfen, sie zu bearbeiten. Du wirst all deinen Charme aufbieten …»

«Ich hab nicht viel davon.»

«Na ja, biete auf, was du hast. Mach ein bisschen Schmus. Spiele auf ihrem zartbesaiteten Herzen wie auf einer Geige.»

Ich kaute ein wenig an meiner Unterlippe herum, denn so ein Blind Date liegt mir nicht, und eines hat mich das Leben gelehrt: dass der kluge Mann Schriftstellerinnen besser aus dem Weg geht. Aber es konnte natürlich sein, dass noch ein paar nette Leute eingeladen waren. Ich stellte diesbezügliche Nachforschungen an.

«Wird sonst noch jemand da sein? Ich meine, wird es unterhaltsame junge Leute geben?»

«Ich würde die Leute zwar nicht als jung bezeichnen, aber als sehr unterhaltsam. Da wäre Cornelias Mann, Everard Fothergill, der Maler, und sein Vater Edward Fothergill. Er ist auch so was wie ein Maler. Du wirst dich keinen Augenblick langweilen. Sag also Jeeves, er soll deine Siebensachen packen, und wir werden dich am Freitag erwarten. Du wirst dann bis Montag hier herumgeistern.»

«Zusammengepfercht mit ein paar Malern und einer Verfasserin von Edelkitsch? Ich mag das ganz und gar nicht.»

«Das brauchst du auch nicht», versicherte mir die alte Anverwandte. «Du tust es einfach. Ach, da fällt mir noch ein: Wenn du herkommst, hätte ich eine Kleinigkeit, die ich dich bitten möchte, für mich zu erledigen.»

"What sort of a little something?"

"I'll tell you about it when I see you. Just a simple little thing to help Auntie. You'll enjoy it," she said, and with a cordial "Toodle-oo" rang off.

It surprises many people, I believe, that Bertram Wooster, as a general rule a man of iron, is as wax in the hands of his Aunt Dahlia, jumping to obey her lightest behest like a performing seal going after a slice of fish. They do not know that this woman possesses a secret weapon by means of which she can always bend me to her will – viz. the threat that if I give her any of my lip, she will bar me from her dinner table and deprive me of the roasts and boileds of her French chef Anatole, God's gift to the gastric juices. When she says Go, accordingly, I do not demur, I goeth, as the Bible puts it, and so it came about that toward the quiet evenfall of Friday the 22nd inst. I was at the wheel of the old sports model, tooling through Hants with Jeeves at my side and weighed down with a nameless foreboding.

"Jeeves," I said, "I am weighed down with a nameless foreboding."

"Indeed, sir?"

"Yes. What, I ask myself, is cooking?"

"I do not think I quite follow you, sir."

"Then you jolly well ought to. I reported my conversation with Aunt Dahlia to you verbatim, and you should have every word of it tucked away beneath your bowler hat. To refresh your memory, after a certain amount of kidding back and forth she said, 'I've a little something I want you to do for me', and when I enquired what, she fobbed me off … is it fobbed?"

«Was ist das für eine Kleinigkeit?»

«Ich werde es dir sagen, wenn wir uns sehen. Nur eine simple kleine Sache, um deinem Tantchen zu helfen. Es wird dir Spaß machen», sagte sie, und mit einem herzlichen «Tschü-üss» hängte sie auf.

Viele sind, glaube ich, darüber erstaunt, dass Bertram Wooster, im Allgemeinen ein Mann aus Eisen, in den Händen seiner Tante Dahlia Wachs ist und auf den geringsten Wink hin gehorsam springt wie ein dressierter Seehund nach einem Stück Fisch. Sie wissen ja nicht, dass diese Frau über eine Geheimwaffe verfügt, mit der sie mich jederzeit gefügig machen kann – nämlich die Drohung, mich, falls ich eine Lippe riskiere, von ihrer Tafel zu verbannen und mir das Gesottene und Gebratene ihres französischen Küchenchefs Anatole, dieses Geschenk Gottes an die Magensäfte, vorzuenthalten. Wenn sie daher «komm» sagt, dann mache ich keine Sperenzien, sondern ich kömme, wie es in der Bibel heißt; und so geschah es, dass ich am Freitag, den 22sten currentis, da sich der Abend still herniedersenkte, am Steuer meines alten Sportmodells saß und mit Jeeves an meiner Seite durch Hampshire zockelte, bedrückt von unbestimmten Ahnungen.

«Jeeves», sagte ich, «ich bin bedrückt von unbestimmten Ahnungen.»

«Tatsächlich, Sir?»

«Ja. Was, so frage ich mich, ist im Busch?»

«Ich folge Ihnen, glaube ich, nicht ganz, Sir.»

«Dann sollten Sie das aber mal tun! Ich habe Ihnen meine Unterredung mit Tante Dahlia verbatim wiedergegeben, und Sie müssten eigentlich jedes einzelne Wort davon unter Ihrer Melone gespeichert haben. Also, um Ihre Erinnerung aufzufrischen: Nach einigem Geplänkel hin und her sagte sie: ‹Ich hätte noch eine Kleinigkeit, die ich dich bitten möchte, für mich zu erledigen›, und als ich fragte, was für eine, wimmelte sie mich ab ... sagt man ‹wimmelte›?»

"Yes, sir."

"She fobbed me off with a careless 'Oh, just a simple little thing to help Auntie.' What construction do you place on those words?"

"One gathers that there is something Mrs Travers wishes you to do for her, sir."

"One does, but the point is – what? You recall what has happened in the past when the gentler sex have asked me to do things for them. Especially Aunt Dahlia. You have not forgotten the affair of Sir Watkyn Basset and the silver creamer?"

"No, sir."

"On that occasion, but for you, Bertram Wooster would have done a stretch in the local hoosegow. Who knows that this little something to which she referred will not land me in a similar peril? I wish I could slide out of this binge, Jeeves."

"I can readily imagine it, sir."

"But I can't. I'm like those Light Brigade fellows. You remember how matters stood with them?"

"Very vividly, sir. Theirs not to reason why, theirs but to do and die."

"Exactly. Cannons to right of them, cannons to left of them volleyed and thundered, but they had to keep snapping into it regardless. I know just how they felt," I said, moodily stepping on the accelerator. The brow was furrowed and the spirits low.

Arrival at Marsham Manor did little to smooth the former and raise the latter. Shown into the hall, I found myself in as cosy an interior as one could wish – large log fire, comfortable chairs and a tea-table that gave out an invigorating aroma of buttered

«Ja, Sir.»

«Da wimmelte sie mich ab mit einem beiläufigen ‹Ach, nur eine simple kleine Sache, um deinem Tantchen zu helfen›. Wie deuten Sie diese Worte?»

«Es ist anzunehmen, dass da etwas ist, was Mrs Travers Sie bittet, für sie zu tun, Sir.»

«Richtig, aber es fragt sich, was? Sie erinnern sich wohl, was in der Vergangenheit passiert ist, wenn mich Angehörige des schwachen Geschlechts baten, etwas für sie zu tun. Besonders Tante Dahlia. Sie haben doch nicht die Affäre mit Sir Watkyn Basset und dem silbernen Sahnekännchen vergessen?»

«Nein, Sir.»

«Wenn Sie nicht gewesen wären, hätte Bertram Wooster damals ein Weilchen im örtlichen Kittchen brummen müssen. Wer garantiert mir, dass ich durch diese Kleinigkeit, von der sie sprach, nicht in einen ähnlichen Schlamassel gerate? Ich wünschte, ich könnte mich aus dieser Wochenendfete abseilen, Jeeves.»

«Das kann ich mir durchaus vorstellen, Sir.»

«Aber ich nicht. Mir geht es wie diesen Kerls in dem Gedicht von der Leichten Brigade. Sie erinnern sich doch, wie es mit denen stand?»

«Sehr lebhaft, Sir. Sie aber fragen nicht, Tat und Tod ihre Pflicht.»

«Genau. Rechts der Kanonen Schlund, links der Kanonen Schlund, donnernd und brausend, aber sie mussten blindlings weiter. Ich weiß genau, wie die sich gefühlt haben», sagte ich und trat missmutig aufs Gas, die Stirn gefurcht und die Stimmung gedrückt.

Unsere Ankunft im Marsham Manor trug wenig dazu bei, Erstere zu glätten und Letztere zu heben. Als man mich in die Halle geführt hatte, fand ich mich in einem Interieur, so gemütlich wie man sich's nur wünschen kann: großes Kaminfeuer, bequeme Sessel und eine Teetafel, die ein anregendes Aroma

toast and muffins, all very pleasant to encounter after a long drive on a chilly winter afternoon – but a single glance at the personnel was enough to tell me that I had struck one of those joints where every prospect pleases and only man is vile.

Three human souls were present when I made my entry, each plainly as outstanding a piece of cheese as Hampshire could provide. One was a small, thin citizen with a beard of the type that causes so much distress – my host, I presumed – and seated near him was another bloke of much the same construction but an earlier model, whom I took to be the father. He, too, was bearded to the gills. The third was a large spreading woman wearing the horn-rimmed spectacles which are always an occupational risk for pen-pushers of the other sex. They gave her a rather remarkable resemblance to my Aunt Agatha, and I would be deceiving my public were I to say that the heart did not sink to some extent. To play on such a woman as on a stringed instrument wasn't going to be the simple task Aunt Dahlia appeared to think it.

After a brief pause for station identification, she introduced me to the gang, and I was on the point of doing the civil thing by asking Everard Fothergill if he had been painting anything lately, when he stiffened.

"Hark!" he said. "Can you hear a mewing cat?"

"Eh?" I said.

"A mewing cat. I feel sure I hear a mewing cat. Listen!"

While we were listening the door opened and Aunt Dahlia came in. Everard put the 64,000-dollar question squarely up to her.

"Mrs Travers, did you meet a mewing cat outside?"

von gebuttertem Toast und Teegebäck verströmte, alles Dinge, die man nach langer Fahrt an einem kalten Winternachmittag gern vorfindet – doch bereits ein einziger Blick auf die Belegschaft zeigte mir, dass ich an einen dieser Orte geraten war, wo jeder Anblick Freude schafft und nur der Mensch Verdruss.

Drei Menschenseelen waren bei meinem Eintritt zugegen, und jede einzelne von ihnen ein so einmaliges Stück Käse, wie es Hampshire überhaupt nur liefern konnte. Einer war ein kleiner, schmächtiger Mitbürger mit einem Bart von der Sorte, die so viel Kummer verursacht, wahrscheinlich mein Gastgeber, und neben ihm saß ein zweiter Bursche von weitgehend derselben Bauart, aber ein älteres Modell, in dem ich den Vater vermutete. Auch dieser war von einem Bart überwuchert. Die dritte Person war eine große, ausladende Dame mit einer jener Hornbrillen, wie sie stets das Berufsrisiko der Literaten vom anderen Geschlecht sind. Sie verlieh ihr eine recht auffällige Ähnlichkeit mit meiner Tante Agatha, und es hieße meinen Lesern etwas vormachen, wollte ich behaupten, dass mein Mut nicht um einiges gesunken wäre. Auf dem Herzen einer solchen Frau wie auf einer Geige zu spielen, würde wohl nicht die leichte Aufgabe sein, für die Tante Dahlia das anscheinend hielt.

Nach einer kurzen Pause gegenseitigen Anpeilens stellte sie mich der Sippschaft vor, und ich wollte gerade tun, was die Höflichkeit gebietet, und Everard Fothergill fragen, ob er in letzter Zeit mal wieder was gemalt hätte, als dieser erstarrte.

«Da!», rief er. «Hören Sie nicht eine Katze miauen?»

«Wie?», fragte ich.

«Eine Katze miauen. Ich bin sicher, dass ich eine Katze miauen höre. Horchen Sie doch!»

Während wir lauschten, ging die Tür auf und Tante Dahlia kam herein. Ohne Umschweife stellte Everard ihr die große Preisfrage.

«Mrs Travers, ist Ihnen draußen eine miauende Katze begegnet?»

"No," said the aged relative. "No mewing cat. Why, did you order one?"

"I can't bear mewing cats," said Everard. "A mewing cat gets on my nerves."

That was all about mewing cats for the moment. Tea was dished out, and I had a couple of bits of buttered toast, and so the long day wore on till it was time to dress for dinner. The Fothergill contingent pushed off, and I was heading in the same direction, when Aunt Dahlia arrested my progress.

"Just a second, Bertie, before you put on your clean dickey," she said. "I would like to show you something."

"And I," I riposted, "would like to know what this job is you say you want me to do for you."

"I'll be coming to that later. This thing I'm going to show you is tied in with it. But first a word from our sponsor. Did you notice anything about Everard Fothergill just now?"

I reviewed the recent past.

"Would you describe him as perhaps a bit jumpy? He seemed to me to be stressing the mewing cat motif rather more strongly than might have been expected."

"Exactly. He's a nervous wreck. Cornelia tells me he used to be very fond of cats."

"He still appears interested in them."

"It's this blasted picture that has sapped his morale."

"Which blasted picture would that be?"

"I'll show you. Step this way."

She led me into the dining-room and switched on the light.

"Look," she said.

What she was drawing to my attention was a large oil painting. A classical picture, I suppose you would

«Nein», sagte die bejahrte Anverwandte. «Keine miauende Katze. Wieso, haben Sie eine bestellt?»

«Ich kann miauende Katzen nicht ausstehen», sagte Everard. «Miauende Katzen gehen mir auf die Nerven.»

Das war im Augenblick alles über miauende Katzen. Der Tee wurde ausgeschenkt, ich verzehrte ein paar Stückchen gebutterten Toast, und so zog sich ein langer Tag hin, bis es schließlich Zeit war, sich zum Abendessen umzuziehen. Die Fothergill-Abteilung verzog sich, und auch ich strebte schon in dieselbe Richtung, als Tante Dahlia meinen Schritt hemmte.

«Nur einen Augenblick, Bertie, bevor du dir ein sauberes Lätzchen umbindest», sagte sie. «Ich würde dir gerne etwas zeigen.»

«Und ich», versetzte ich, «wüsste gerne, was das für eine Aufgabe ist, die ich für dich erledigen soll.»

«Darauf komme ich später. Das, was ich dir zeigen will, hängt damit zusammen. Aber zuvor ein Wort zu unserem Schirmherrn. Ist dir soeben etwas an Everard Fothergill aufgefallen?»

Ich überdachte die jüngste Vergangenheit.

«Vielleicht würde man ihn als leicht überreizt bezeichnen? Er schien mir das Miauende-Katzen-Motiv stärker zu betonen, als normalerweise zu erwarten wäre.»

«Ganz recht. Er ist ein Nervenwrack. Cornelia sagte mir, früher habe er Katzen sehr gerne gehabt.»

«Er scheint sich auch noch immer für sie zu interessieren.»

«Es ist dieses verdammte Bild, was seine Moral untergräbt.»

«Was für ein verdammtes Bild?»

«Ich werd's dir zeigen. Hier entlang.»

Sie führte mich ins Speisezimmer und schaltete das Licht an.

«Hier, sieh mal», sagte sie.

Der Gegenstand, auf den sie meine Aufmerksamkeit lenkte, war ein großes Ölgemälde. Man würde es vermutlich ein klas-

have called it. Stout female in the minimum of cloth-
ing in conference with a dove.

"Venus?" I said. It's usually a safe bet.

"Yes. Old Fothergill painted it. He's just the sort of
man who would paint a picture of Ladies Night In A
Turkish Bath and call it Venus. He gave it to Everard
as a wedding present."

"Thus saving money on the customary fish-slice.
Shrewd, very shrewd. And I gather from what you
were saying that the latter does not like it."

"Of course he doesn't. It's a mess. The old boy's
just an incompetent amateur. But being devoted
to his father and not wanting to hurt his feelings
Everard can't have it taken down and put in the cellar. He's stuck with it, and has to sit looking at it every time he puts on the nose-bag. With what result?"

"The food turns to ashes in his mouth?"

"Exactly. It's driving him potty. Everard's a real
artist. His stuff's good. Some of it's in the Tate. Look
at this," she said, indicating another canvas. "That's
one of his things."

I gave it a quick once-over. It, too, was a classical
picture, and seemed to my untutored mind very like
the other one, but presuming that some sort of art
criticism was expected of me I said:

"I like the patina."

That, too, is generally a safe bet, but it appeared
that I had said the wrong thing, for the relative
snorted audibly.

"No, you don't, you miserable blighter. You don't
even know what patina is."

She had me there, of course. I didn't.

"You and your ruddy patinas! Well, anyway, you
see why Everard has got the jitters. If a man can

sisches Bild nennen. Üppige Frauensperson, spärlich bekleidet, in Zwiesprache mit einer Taube.

«Venus?», fragte ich. Damit liegt man meistens richtig.

«Ja. Der alte Fothergill hat es gemalt. Er ist genau die Sorte Mann, die einen *Damenabend im Türkischen Bad* malt und es dann *Venus* nennt. Er hat es Everard zur Hochzeit geschenkt.»

«Und hat damit das Geld für das übliche Fischbesteck gespart. Pfiffig, sehr pfiffig. Ich entnehme deinen Worten, dass es Letzterem nicht gefällt?»

«Natürlich nicht. Es ist schon eine verkorkste Sache: Der Alte ist einfach ein Stümper; aber da Everard an seinem Vater hängt und ihn nicht kränken will, kann er es nicht abhängen und in den Keller stellen lassen. Er wird es nicht los und hat es jedesmal vor Augen, wenn er sich hinsetzt und den Futtersack umhängt. Und was ist das Ergebnis?»

«Die Speise wird in seinem Mund zu Asche.»

«Genau. Es macht ihn ganz meschugge. Everard ist ein wirklicher Künstler, seine Sachen sind erstklassig. Einige hängen sogar in der Tate Gallery. Schau dir mal dieses an», sagte sie und deutete auf eine andere Leinwand. «Das ist eins von seinen.»

Ich beäugte es kurz. Es war ebenfalls ein klassisches Bild und sah für mein ungeschultes Auge fast genauso aus wie das andere, aber da ich annahm, dass irgendeine Art Kunstkritik von mir erwartet wurde, sagte ich:

«Mir gefällt die Patina.»

Meistens liegt man damit auch richtig, aber anscheinend hatte ich das Falsche gesagt, denn die Anverwandte schnaubte laut.

«Nein, das tut sie nicht, du jämmerlicher Schwachkopf. Du weißt doch nicht einmal, was Patina ist!»

Da hatte sie mich natürlich am Wickel. Ich wusste es wirklich nicht.

«Du mit deiner dämlichen Patina! Na, jedenfalls siehst du jetzt, weshalb Everard mit den Nerven am Ende ist. Wenn

paint as well as he can, it naturally cuts him to the quick to have to glue his eyes on a daub like the Venus every time he sits down to break bread. Suppose you were a great musician. Would you like to have to listen to a cheap, vulgar tune – the same tune – day after day? Or suppose that every time you went to lunch at the Drones you had to sit opposite someone who looked like the Hunchback of Notre Dame? Would you enjoy that? Of course you wouldn't. You'd be as sick as mud."

I saw her point. Many a time at the Drones I have had to sit opposite Oofy Prosser, and it had always taken the edge off a usually keen appetite.

"So now do you grasp the position of affairs, dumb-bell?"

"Oh, I grasp it all right, and the heart bleeds, of course. But I don't see there's anything to be done about it."

"I do. Ask me what."

"What?"

"You're going to pinch that Venus."

I looked at her with a wild surmise, silent upon a peak in Darien. Not my own. One of Jeeves's things.

"Pinch it?"

"This very night."

"When you say 'pinch it', do you mean '*pinch it*'?"

"That's right. That's the little something I was speaking of, the simple little thing you're going to do to help Auntie. Good heavens," she said, her manner betraying impatience, "I can't see why you're looking like a stuck pig about it. It's right up your street. You're always pinching policemen's helmets, aren't you?"

I had to correct this.

jemand so gut malt wie er, dann geht es ihm natürlich an die Nieren, wenn er sich hinsetzt, um das Brot zu brechen, und dabei jedes Mal so einen Schinken wie diese Venus anstarren muss. Angenommen, du wärst ein großer Musiker. Würdest du dir dann Tag für Tag eine ordinäre Schnulze anhören wollen – immer dieselbe? Oder angenommen, du müsstest jedesmal, wenn du zum Essen in den Drohnen-Club gehst, jemandem gegenübersitzen, der aussieht wie der Glöckner von Notre Dame? Würde dir das gefallen? Nein, natürlich nicht! Du hättest eine Stinklaune.»

Das leuchtete mir ein. Wie oft hatte ich im Drohnen-Club Oofy Prosser als Gegenüber gehabt, und jedes Mal hatte es mir meinen normalerweise gesunden Appetit verschlagen.

«Also begreifst du jetzt den Stand der Dinge, du Trottel?»

«Oh, ich begreife ihn durchaus, und das Herz blutet mir natürlich. Aber ich glaube nicht, dass man da etwas machen kann.»

«Ich schon. Frag mich mal, was.»

«Was?»

«Du wirst diese Venus stibitzen.»

Ich sah sie an, in wildes Schweigen ahnungsvoll versenkt auf Dariens Felsenhöh'n. Nicht meine Worte. Eins von Jeeves' Dingern.

«Stibitzen?»

«Noch heute Nacht.»

«Wenn du sagst ‹stibitzen›, meinst du dann ‹*stibitzen*›?»

«Ganz recht. Das ist die Kleinigkeit, von der ich sprach, die simple kleine Sache, die du erledigen wirst, um deinem Tantchen zu helfen. Du lieber Himmel», rief sie, und ihr Gebaren verriet Ungeduld, «ich verstehe gar nicht, warum du deswegen dreinschaust wie ein gestochenes Kalb. Das ist doch genau dein Fall. Du stibitzt doch auch immer den Polizisten die Helme, oder nicht?»

Das musste ich richtigstellen.

"Not always. Only as an occasional treat, as it might be on a Boat Race night. And, anyway, pinching pictures is a very different thing from lifting the headgear of the Force. Much more complex."

"There's nothing complex about it. It's as easy as falling off a log. You just cut it out of the frame with a good sharp knife."

"I haven't got a good sharp knife."

"You will have. You know, Bertie," she said, all enthusiasm, "it's extraordinary how things fit in. These last weeks there's been a gang of picture-thieves operating in this neighbourhood. They got away with a Romney at a house near here and a Gainsborough from another house. It was that that gave me the idea. When his Venus disappears, there won't be a chance of old Fothergill suspecting anything and having his feelings hurt. These marauders are connoisseurs, he'll say to himself, only the best is good enough for them. Cornelia agreed with me."

"You told her?"

"Well, naturally. I was naming the Price of the Papers. I said that if she gave me her solemn word that she would let the *Boudoir* have this slush she's writing, shaving her price to suit my purse, you would liquidate the Edward Fothergill Venus."

"You did, did you? And what did she say?"

"She thanked me brokenly, saying it was the only way of keeping Everard from going off his rocker, and I told her I would have you here, ready to the last button, this week-end."

"God bless your old pea-pickin' heart!"

"So go to it, boy, and heaven speed your efforts. All you have to do is open one of the windows, to make it look like an outside job, collect the picture,

«Nicht immer, nur zu besonderen Gelegenheiten, zum Beispiel am Abend nach der Regatta. Und überhaupt ist das Stibitzen von Bildern etwas ganz anderes als das Klauen eines polizeilichen Kopfputzes. Viel komplizierter.»

«Da ist gar nichts Kompliziertes dran. Es ist so einfach wie ein Sturz vom Baum. Du schneidest es schlicht und ergreifend mit einem guten, scharfen Messer aus dem Rahmen.»

«Ich habe aber kein gutes, scharfes Messer.»

«Du wirst eins haben. Weißt du, Bertie», sagte sie voller Begeisterung, «es ist doch erstaunlich, wie sich eins zum andern fügt. In den letzten Wochen hat sich hier in der Umgebung eine Bande von Bilderdieben zu schaffen gemacht. Aus einem Haus in der Nachbarschaft sind sie mit einem Romney entkommen und aus einem anderen Haus mit einem Gainsborough. Und das hat mich auf diese Idee gebracht. Wenn die Venus verschwindet, kann der alte Fothergill unmöglich Verdacht schöpfen und sich gekränkt fühlen. ‹Diese Marodeure sind Kenner›, wird er sich sagen, ‹für die ist nur das Beste gut genug.› Cornelia ist derselben Meinung.»

«Du hast ihr davon was gesagt?»

«Ja, natürlich. Ich war gerade dabei, den Kurswert der Papiere festzusetzen. Ich sagte ihr, falls sie mir ihr feierliches Ehrenwort gäbe, die Schmonzette, an der sie schreibt, dem *Boudoir* zu überlassen und ihren Preis meinem Geldbeutel anzupassen, würdest du Edward Fothergills Venus beseitigen.»

«Ach nein? Und was hat sie gesagt?»

«Sie dankte mir mit gebrochener Stimme und sagte, das sei die einzige Möglichkeit, Everard vor dem Überschnappen zu bewahren, und ich versprach ihr, dich an diesem Wochenende hierher zu bringen, einsatzbereit bis zum letzten Hosenknopf.»

«Gott segne dein schlichtes Gemüt!»

«Also frischauf, mein Junge, der Himmel sei mit dir. Du hast nichts zu tun, als ein Fenster zu öffnen, damit es wie ein Einbruch aussieht, das Bild zu nehmen, es in dein Zimmer zu brin-

take it back to your room and burn it. I'll see that you have a good fire."

"Oh, thanks."

"And now you had better be dressing. You haven't much time, and it makes Everard nervous if people are late for dinner."

It was with bowed head and the feeling that the curse had come upon me that I proceeded to my room. Jeeves was there, studding the shirt, and I lost no time in giving him the low-down. My attitude towards Jeeves on these occasions is always that of a lost sheep getting together with its shepherd.

"Jeeves," I said, "you remember me telling you in the car that I was weighed down with a nameless foreboding?"

"Yes, sir."

"Well, I had every right to be. Let me tell you in a few simple words what Aunt Dahlia has just been springing on me."

I told him in a few simple words, and his left eyebrow rose perhaps an eighth of an inch, showing how deeply he was stirred.

"Very disturbing, sir."

"Most. And the ghastly thing is that I suppose I shall have to do it."

"I fear so, sir. Taking into consideration the probability that, should you decline to co-operate, Mrs Travers will place sanctions on you in the matter of Anatole's cooking, you would appear to have no option but to fall in with her wishes. Are you in pain, sir?" he asked, observing me writhe.

"No, just chafing. This has shocked me, Jeeves. I wouldn't have thought such an idea would ever

gen und zu verbrennen. Ich sorge dafür, dass du ein schönes Feuer gemacht bekommst.»

«Oh, vielen Dank!»

«Und jetzt ziehst du dich besser um. Du hast nicht mehr viel Zeit, und es macht Everard nervös, wenn man zu spät zum Abendessen kommt.»

Gesenkten Hauptes und mit dem Gefühl, einen Fluch auf mich geladen zu haben, so schritt ich meinem Zimmer zu. Jeeves war schon dort und versah das Hemd mit Manschettenknöpfen, und unverzüglich weihte ich ihn in alles ein. Bei solchen Gelegenheiten bin ich gegenüber Jeeves wie ein verlorenes Schaf, das mit seinem Schäfer zusammentrifft.

«Jeeves», sagte ich, «Sie erinnern sich doch, dass ich im Auto erwähnte, ich sei bedrückt von unbestimmten Ahnungen?»

«Ja, Sir.»

«Nun, ich hatte allen Grund dazu. Lassen Sie mich mit wenigen einfachen Worten berichten, womit mich Tante Dahlia soeben konfrontiert hat.»

Ich berichtete ihm mit wenigen einfachen Worten, und seine linke Braue hob sich um ungefähr drei Millimeter, was zeigte, wie tief er betroffen war.

«Sehr beunruhigend, Sir.»

«Höchst. Und das Grässliche daran ist, dass ich es wahrscheinlich wirklich tun muss.»

«Das fürchte ich auch, Sir. Bedenkt man die Wahrscheinlichkeit, dass Mrs Travers, falls Sie ihr die Mitwirkung verweigern, Sanktionen bezüglich Anatoles Kochkunst gegen Sie verhängen wird, dann hat es den Anschein, dass Sie keine andere Wahl haben, als ihren Wünschen zu entsprechen. Haben Sie Schmerzen, Sir?», fragte er, als er sah, wie ich mich krümmte.

«Nein, nur ohnmächtige Wut. Das alles hat mir einen Schock versetzt, Jeeves. Ich hätte nicht geglaubt, dass sie je auf

have occurred to her. One could understand Professor Moriarty, and possibly Doctor Fu Manchu, thinking along these lines, but not a wife and mother highly respected in Market Snodsbury, Worcestershire."

"The female of the species is more deadly than the male, sir. May I ask if you have formulated a plan of action?"

"She sketched one out. I open a window, to make it look like an outside job –"

"Pardon me for interrupting, sir, but there I think Mrs Travers is in error. A broken window would lend greater verisimilitude."

"Wouldn't it rouse the house?"

"No, sir, it can be done quite noiselessly by smearing treacle on a sheet of brown paper, attaching the paper to the pane and striking it a sharp blow with the fist. This is the recognized method in vogue in the burgling industry."

"But where's the brown paper? Where the treacle?"

"I can procure them, sir, and I shall be happy to perform the operation for you, if you wish."

"You will? That's very white of you, Jeeves."

"Not at all, sir. It is my aim to give satisfaction. Excuse me, I think I hear someone knocking."

He went to the door, opened it, said "Certainly, madam, I will give it to Mr Wooster immediately," and came back with a sort of young sabre.

"Your knife, sir."

"Thank you, Jeeves, curse it," I said, regarding the object with a shudder, and slipped it sombrely into the mesh-knit underwear.

so einen Gedanken kommen würde. Man könnte es ja verstehen, wenn Professor Moriarty oder vielleicht Dr. Fu Manchu sich sowas ausdächten, aber doch nicht eine in Market Snodsbury, Worcestershire, hochangesehene Gattin und Mutter.»

«Die Weibchen einer Gattung sind grausamer als die Männchen, Sir. Darf ich fragen, ob Sie einen Schlachtplan entworfen haben?»

«Sie hat mir einen skizziert. Ich werde ein Fenster öffnen, damit es wie ein Einbruch aussieht …»

«Verzeihung, wenn ich unterbreche, Sir, aber ich glaube, hier befindet sich Mrs Travers im Irrtum. Eine zerbrochene Scheibe würde dem ganzen einen höheren Grad an Glaubwürdigkeit verleihen.»

«Würde das nicht das ganze Haus aufwecken?»

«Nein, Sir, man könnte es völlig geräuschlos bewerkstelligen, indem man Sirup auf ein Stück Packpapier streicht, das Papier an der Scheibe anbringt und mit der Faust fest dagegen schlägt. Das ist die anerkannte und im Einbruchsgewerbe beliebte Methode.»

«Wo aber gibt es Packpapier. Wo Sirup?»

«Ich kann das beschaffen, Sir, und werde die Ausführung gerne übernehmen, wenn Sie es wünschen.»

«Wirklich? Das ist verdammt anständig von Ihnen, Jeeves.»

«Nicht der Rede wert, Sir. Mein Streben gilt ganz Ihrer Zufriedenheit. Entschuldigen Sie mich, ich glaube, es hat geklopft.»

Er ging zur Tür, öffnete, sagte: «Gewiss, Madam, ich werde es sofort Mr Wooster übergeben», und kam mit einer Art Kleinsäbel zurück.

«Ihr Messer, Sir.»

«Danke, Jeeves, zum Teufel», sagte ich mit einem schaudernden Blick auf den Gegenstand und schob ihn düster ins Netzhemd.

After deliberation, we had pencilled in the kick-off for one in the morning, when the household might be expected to be getting its eight hours, and at one on the dot Jeeves shimmered in.

"Everything is in readiness, sir."

"The treacle?"

"Yes, sir."

"The brown p.?"

"Yes, sir."

"Then just bust the window, would you mind."

"I have already done so, sir."

"You have? Well, you were right about it being noiseless. I didn't hear a sound. Then Ho for the dining-room, I suppose. No sense in dillying or, for the matter of that, dallying."

"No, sir. If it were done when 'tis done, then 'twere well it were done quickly," he said, and I remember thinking how neatly he puts these things.

It would be idle to pretend that, as I made my way down the stairs, I was my usual debonair self. The feet were cold, and if there had been any sudden noises, I would have started at them. My meditations on Aunt Dahlia, who had let me in for this horror in the night, were rather markedly lacking in a nephew's love. Indeed, it is not too much to say that every step I took deepened my conviction that what the aged relative needed was a swift kick in the pants.

However, in one respect you had to hand it to her. She had said the removal of the picture from the parent frame would be as easy as falling off a log – a thing I have never done myself, but one which, I should imagine, is reasonably simple of accomplishment – and so it proved. She had in no way overestimated the goodness and sharpness of the knife with

Nach einigem Beratschlagen hatten wir den Beginn der Operation auf ein Uhr morgens festgesetzt, da der Haushalt zu dieser Zeit voraussichtlich seinen Achtstundenschlaf nehmen würde, und Punkt eins schimmerte Jeeves herein.

«Alles bereit, Sir.»

«Sirup?»

«Ja, Sir.»

«Packpapier?»

«Ja, Sir.»

«Dann knacken Sie jetzt bitte das Fenster, wenn's recht ist.»

«Das habe ich bereits getan, Sir.»

«Tatsächlich? Na, das ging ja wirklich geräuschlos. Ich habe keinen Ton gehört. Dann heißt es jetzt wohl ‹Auf zum Speisezimmer!› Kein Grund für längeres Hin oder auch Her.»

«Nein, Sir. Wär's abgetan, sowie's getan ist, dann wär's gut, man tät es eilig», sagte er, und ich weiß noch, dass ich dachte, wie hübsch er so etwas ausdrückt.

Es wäre müßig, vorgeben zu wollen, ich sei, als ich meinen Weg die Treppe hinunter nahm, von meiner üblichen Unbefangenheit gewesen. Meine Füße waren kalt, und wenn sich plötzlich etwas gemuckst hätte, wäre ich zusammengezuckt. Meine Betrachtungen über Tante Dahlia, die mir diesen Horror eingebrockt hatte, entbehrten deutlich jeder Neffenliebe. Ja, es ist wohl nicht übertrieben, wenn ich behaupte, dass sich bei jedem Schritt meine Überzeugung verfestigte, das, was der bejahrten Anverwandten nottue, sei ein flinker Tritt in den Hintern.

Eines aber musste man ihr lassen: Sie hatte gesagt, das Herauslösen des Bildes aus seinem angestammten Rahmen werde so einfach sein, wie von einem Baum zu fallen (etwas, das ich selbst nie getan habe, das ich mir aber leicht zu bewerkstelligen denke), und so war es denn auch. Sie hatte in keinster Weise die Güte und Schärfe des Messers überschätzt, mit dem sie mich ausgestattet hatte. Mit vier schnellen Schnitten ließ

which she had provided me. Four quicks cuts, and the canvas came out like a winkle at the end of a pin. I rolled it up and streaked back to my room with it.

Jeeves in my absence had been stoking the fire, and it was now in a cheerful blaze. I was about to feed Edward Fothergill's regrettable product to the flames and push it home with the poker, but he stayed my hand.

"It would be injudicious to burn so large an object in one piece, sir. There is the risk of setting the chimney on fire."

"Ah, yes, I see what you mean. Snip it up, you think?"

"I fear it is unavoidable, sir. Might I suggest that it would relieve the monotony of the task if I were to provide whisky and a syphon?"

"You know where they keep it?"

"Yes, sir."

"Then lead it to me."

"Very good, sir."

"And meanwhile I'll be getting on with the job."

I did so, and was making good progress, when the door opened without my hearing it and Aunt Dahlia beetled in. She spoke before I was aware of her presence in my midst, causing me to shoot up to the ceiling with a stifled cry.

"Everything pretty smooth, Bertie?"

"I wish you'd toot your horn," I said, coming back to earth and speaking with not a little bitterness. "You shook me to the core. Yes, matters have gone according to plan. But Jeeves insists on burning the *corpus delicti* bit by bit."

"Well, of course. You don't want to set the chimney on fire."

"That was what he said."

sich die Leinwand so leicht herauslösen wie eine Schnecke mit der Schneckengabel. Ich rollte sie zusammen und flitzte damit zurück in mein Zimmer.

Während meiner Abwesenheit hatte Jeeves das Feuer geschürt, das jetzt fröhlich flackerte. Ich wollte schon Edward Fothergills beklagenswertes Machwerk den Flammen übergeben und dabei mit dem Schürhaken nachhelfen, aber Jeeves gebot mir Einhalt.

«Es wäre unklug, ein so großes Objekt in einem Stück zu verbrennen, Sir. Es besteht dann die Gefahr eines Kaminbrandes.»

«Oh ja, ich verstehe, was Sie meinen. Sie denken an Zerschnipseln?»

«Ich fürchte, es ist unvermeidlich, Sir. Darf ich mir den Vorschlag erlauben, dass es die Eintönigkeit der Arbeit lindern würde, wenn ich Whisky und einen Syphon brächte?»

«Wissen Sie denn, wo das hier aufbewahrt wird?»

«Ja, Sir.»

«Dann bringen Sie's her.»

«Sehr wohl, Sir.»

«Und inzwischen mache ich mich an die Arbeit.»

Das tat ich denn und kam auch gut voran, als die Tür sich geräuschlos öffnete und Tante Dahlia hereindackelte. Sie sprach, noch ehe ich ihre Anwesenheit bemerkt hatte, woraufhin ich leise aufschrie und einen Satz bis an die Decke machte.

«Alles glattgegangen, Bertie?»

«Ich wünschte, du würdest dein Signalhorn blasen», sagte ich, nicht ohne einige Bitterkeit, als ich wieder zur Erde zurückkehrte. «Du hast mich zu Tode erschreckt. – Ja, es ist alles nach Plan gelaufen. Aber Jeeves besteht darauf, dass das *corpus delicti* stückchenweise verbrannt wird.»

«Ja, selbstverständlich. Es soll schließlich kein Kaminbrand entstehen.»

«Das hat er auch gesagt.»

"And he was right, as always. I've brought my scissors. Where is Jeeves, by the way? Why not at your side, giving selfless service?"

"Because he's giving selfless service elsewhere. He went off to get whisky."

"What a man! There is none like him, none. Bless my soul," said the relative some moments later, as we sat before the fire and snipped, "how this brings back memories of the dear old school and our girlish cocoa parties. Happy days, happy days! Ah, Jeeves, come right in and put the supplies well within my reach. We're getting on, you see. What is that you have hanging on your arm?"

"The garden shears, madam. I am anxious to lend all the assistance that is within my power."

"Then start lending. Edward Fothergill's masterpiece awaits you."

With the three of us sparing no effort, we soon completed the work in hand. I had scarcely got through my first whisky and s. and was beginning on another, when all that was left of the Venus, not counting the ashes, was the little bit at the south-east end which Jeeves was holding. He was regarding it with what seemed to me a rather thoughtful eye.

"Excuse me, madam," he said. "Did I understand you to say that Mr Fothergill senior's name was Edward?"

"That's right. Think of him as Eddie, if you wish. Why?"

"It is merely that the picture we have with us appears to be signed 'Everard Fothergill', madam. I thought I should mention it."

To say that aunt and nephew did not take this big would be paltering with the truth. We skipped like the high hills.

«Und er hatte recht, wie immer. Ich habe gleich meine Schere mitgebracht. Übrigens, wo ist Jeeves? Warum nicht an deiner Seite, selbstlose Dienste leistend?»

«Weil er anderwärts selbstlose Dienste leistet. Er ist Whisky holen gegangen.»

«Was für ein Mann! Es gibt nicht seinesgleichen, nirgends! Ach Gott», sagte die Anverwandte wenig später, als wir vor dem Feuer saßen und schnipselten, «wie mich das an meine schöne Schulzeit erinnert und an unsere unschuldigen Kakao-Partys. Was für eine glückliche Zeit! Ah, Jeeves, kommen Sie nur herein und stellen Sie die Vorräte in meine Reichweite. Wir machen Fortschritte, wie Sie sehen. Was haben Sie denn da am Arm hängen?»

«Die Gartenschere, Madam. Es ist mir ein Bedürfnis, jegliche Unterstützung zu leisten, die in meinen Kräften steht.»

«Dann fangen Sie mal an zu leisten. Edward Fothergills Meisterwerk erwartet Sie.»

Alle drei scheuten wir keine Mühe, und so hatten wir bald die anstehende Arbeit vollendet. Ich hatte kaum meinen ersten Whisky Soda beendet und mit einem zweiten begonnen, als von der Venus – wenn man von der Asche einmal absieht – nicht mehr übrig war als das kleine Südost-Eckchen, das Jeeves in der Hand hielt. Er betrachtete es mit einem, wie mir schien, ziemlich nachdenklichen Blick.

«Verzeihung, Madam», sagte er. «Habe ich Sie richtig verstanden, dass der Name von Mr Fothergill senior Edward ist?»

«Ganz recht. Denken Sie ruhig von ihm als Eddie. Warum?»

«Es ist nur so, dass das Bild, das wir hier haben, von Everard Fothergill signiert zu sein scheint, Madam. Ich dachte mir, ich sollte das erwähnen.»

Zu behaupten, dass dies bei Tante wie Neffen nicht wie eine Bombe eingeschlagen hätte, hieße mit der Wahrheit sein Spielchen treiben. Wir sprangen auf, wie von der Tarantel gestochen.

"Give me that fragment, Jeeves. It looks like Edward to me," I pronounced, having scrutinized it.

"You're crazy," said Aunt Dahlia, feverishly wrenching it from my grasp. "It's Everard. Isn't it, Jeeves?"

"That was certainly the impression I formed, madam."

"Bertie," said Aunt Dahlia, speaking in a voice of the kind which I believe is usually called strangled and directing at me the sort of look which in the days when she used to hunt with the Quorn and occasionally the Pytchley she would have given a hound engaged in chasing a rabbit, "Bertie, you curse of the civilized world if you've burned the wrong picture …"

"Of course I haven't," I replied stoutly. "You're both cockeyed. But if it will ease your mind, I'll pop down to the dining-room and take a dekko. Amuse yourselves somehow till my return."

I had spoken, as I say, stoutly, and hearing me you would no doubt have said to yourself "All is well with Bertram. He is unperturbed." But I wasn't. I feared the worst, and already I was wincing at the thought of the impassioned speech, touching on my mental and moral defects, which Aunt Dahlia would be delivering when we forgathered once more. Far less provocation in the past had frequently led her to model her attitude toward me on that of a sergeant dissatisfied with the porting and shouldering arms of a recruit who had not quite got the hang of the thing.

I was consequently in no vein for the receipt of another shock, but I got this when I reached journey's end, for as I entered the dining-room somebody inside it came bounding out and rammed me between wind and water. We staggered into the hall, locked in a close embrace, and

«Geben Sie mir mal dieses Fragment, Jeeves. Für mich sieht das wie ‹Edward› aus», verkündete ich nach eingehender Prüfung.

«Du bist ja verrückt!», rief Tante Dahlia, es mir erregt entwindend. «Es heißt ‹Everard›, nicht wahr, Jeeves?»

«Das war auch mein eindeutiger Eindruck, Madam.»

«Bertie!», sagte Tante Dahlia. Ihre Stimme klang, wie man das wohl zu nennen pflegt, erstickt, und sie warf mir einen Blick zu, wie sie ihn in den Tagen, als sie noch mit dem Quorn- und gelegentlich dem Pytchley-Club auf die Fuchsjagd ritt, auf einen Hasen jagenden Hund gerichtet hätte. «Bertie, du Fluch der zivilisierten Welt, wenn du jetzt das falsche Bild verbrannt hast …»

«Das habe ich natürlich nicht», erwiderte ich mannhaft.

«Ihr habt ja beide Tomaten auf den Augen. Aber falls es euch beruhigt, werde ich mal eben runtergehen ins Speisezimmer und einen Blick darauf werfen. Amüsiert euch einstweilen irgendwie.»

Ich hatte, wie gesagt, mannhaft gesprochen, und hätten Sie mich gehört, Sie würden bei sich gedacht haben: «Alles in Ordnung mit Bertram, er ist ruhig und gelassen.» Das aber war ich nicht. Ich fürchtete das Schlimmste, und schon jetzt zuckte ich zusammen bei dem Gedanken an die flammende Rede, meine geistigen und moralischen Schwächen betreffend, die Tante Dahlia halten würde, sobald wir wieder alle versammelt wären. Weit nichtigere Vorkommnisse hatten sie in der Vergangenheit des Öfteren veranlasst, sich mir gegenüber exakt so aufzuführen wie ein Feldwebel, wenn er mit dem Exerzieren eines Rekruten, der den Bogen nicht so ganz heraus hat, unzufrieden ist.

Infolgedessen war ich nicht in der Verfassung, noch einen Schock zu ertragen, aber ich erlitt ihn doch, als ich mein Reiseziel erreichte; denn sobald ich das Speisezimmer betrat, stürzte mir jemand entgegen und rammte mich mittschiffs. Wir stolperten in enger Umschlingung in die Halle, und da ich dort das

as I had switched on the lights there in order to avoid bumping into pieces of furniture I was enabled to see my dance partner steadily and see him whole, as Jeeves says. It was Fothergill senior in bedroom slippers and a dressing-gown. In his right hand he had a knife, and at his feet there was a bundle of some sort which he had dropped at the moment of impact, and when I picked it up in my courteous way and it came unrolled, what I saw brought a startled "Golly!" to my lips. It dead-heated with a yip of anguish from his. He had paled beneath his whiskers.

"Mr Wooster!" he … quavered is, I think, the word. "Thank God you are not Everard!"

Well, I was pretty pleased about that, too, of course. The last thing I would have wanted to be was a small, thin artist with a beard.

"No doubt," he proceeded, still quavering, "you are surprised to find me removing my Venus by stealth in this way, but I can explain everything."

"Well, that's fine, isn't it?"

"You are not an artist –"

"No, more a literary man. I once wrote an article on What The Well-Dressed Man Is Wearing for *Milady's Boudoir*."

"Nevertheless, I think I can make you understand what this picture means to me. It was my child. I watched it grow. I loved it. It was part of my life."

Here he paused, seeming touched in the wind, and I threw in a "Very creditable" to keep the conversation going.

"And then Everard married, and in a mad moment I gave it to him as a wedding present. How bitterly I regretted it! But the thing was done. It was irrevocable. I saw how he valued the picture. His eyes at meal times were always riveted on it. I could not

Licht eingeschaltet hatte, um nicht an die Möbel zu stoßen, konnte ich nun meinen Tanzpartner klar und in voller Größe sehen, wie Jeeves sagt. Es war Fothergill senior in Pantoffeln und Morgenrock. In seiner Rechten hielt er ein Messer, und zu seinen Füßen lag irgendeine Rolle, die er beim Aufprall hatte fallen lassen; als ich sie in meiner wohlerzogenen Art aufhob, entrollte sie sich, und was ich da sah, brachte ein verblüfftes «Heiliger Strohsack!» auf meine Lippen. Es kam zeitgleich mit einem angstvollen Japsen von ihm. Er war unter seinem Backenbart erbleicht.

«Mr Wooster!», sagte er mit … Tremolo ist, glaube ich, das richtige Wort. «Gott sei Dank sind Sie nicht Everard!»

Nun, darüber war ich natürlich auch ganz erfreut. Ein kleiner, schmächtiger Künstler mit Bart war so ungefähr das Letzte, was ich hätte sein wollen.

«Zweifelsohne», fuhr er fort, noch immer tremolierend, «sind Sie überrascht, mich dabei anzutreffen, wie ich meine Venus so verstohlen entferne, aber ich kann alles erklären.»

«Na, ist das nicht großartig?»

«Sie sind kein Maler …»

«Nein, eher ein Literat. Ich habe mal einen Artikel über ‹Was der gutgekleidete Herr heute trägt› für *Milady's Boudoir* geschrieben.»

«Dennoch kann ich Ihnen, glaube ich, verständlich machen, was mir dieses Bild bedeutet. Es war mein Kind. Ich sah es wachsen. Ich liebte es. Es war ein Teil meines Lebens.»

Hier hielt er inne, anscheinend außer Atem, und ich warf ein «Sehr anzuerkennen» ein, um das Gespräch in Gang zu halten.

«Dann heiratete Everard, und in einem Augenblick geistiger Umnachtung schenkte ich es ihm zur Hochzeit. Wie bitter habe ich das bereut! Aber es war nun einmal geschehen. Es war unwiderruflich. Ich sah, wie er das Bild schätzte. Beim Essen waren seine Augen immer darauf geheftet. Ich brachte es nicht

bring myself to ask him for it back. And yet I was lost without it."

"Bit of a mix-up," I agreed. "Difficult to find a formula."

"For a while it seemed impossible. And then there was this outbreak of picture robberies in the neighbourhood. You heard about those?"

"Yes, Aunt Dahlia mentioned them."

"Several valuable paintings have been stolen from houses near here, and it suddenly occurred to me that if I were to – er – remove my Venus, Everard would assume that it was the work of the same gang and never suspect. I wrestled with the temptation … I beg your pardon?"

"I only said 'At-a-boy!'."

"Oh? Well, as I say, I did my utmost to resist the temptation, but tonight I yielded. Mr Wooster, you have a kind face."

For an instant I thought he had said "kind of face" and drew myself up, a little piqued. Then I got him.

"Nice of you to say so."

"Yes, I am sure you are kind and would not betray me. You will not tell Everard?"

"Of course not, if you don't want me to. Sealed lips, you suggest?"

"Precisely."

"Right ho."

"Thank you, thank you. I am infinitely grateful. Well, it is a little late and one might as well be turning in, I suppose, so I will say good-night," he said, and having done so, buzzed up the stairs like a homing rabbit. And scarcely had he buzzed, when I found Aunt Dahlia and Jeeves at my side.

übers Herz, es von ihm zurückzuerbitten. Und doch war ich ohne es verloren.»

«Ein ziemliches Durcheinander», sagte ich beipflichtend. «Schwer, alles auf einen Nenner zu bringen.»

«Eine Zeit lang schien es unmöglich. Und dann gab es plötzlich diese Bilderdiebstähle hier in der Gegend. Sie haben sicher davon gehört.»

«Ja, Tante Dahlia erwähnte sie.»

«Man hat mehrere wertvolle Gemälde aus Häusern in der Nähe gestohlen, und auf einmal kam mir der Gedanke, dass Everard, wenn ich meine Venus … äh … entfernen würde, annehmen müsste, das sei das Werk derselben Bande, und keinen Verdacht schöpfen würde. Ich rang mit der Versuchung … wie bitte?»

«Ich sagte nur ‹Bravo!›»

«So? Nun, wie gesagt, ich bemühte mich sehr, der Versuchung zu widerstehen, aber heute Nacht gab ich nach. Mr Wooster, Sie haben ein freundliches Gesicht.»

Einen Augenblick glaubte ich, er habe gesagt «kein freundliches Gesicht», und reckte mich etwas pikiert hoch auf. Dann kapierte ich.

«Nett von Ihnen, das zu sagen.»

«Ja, ich bin sicher, dass Sie freundlich sind und mich nicht verraten würden. Sie werden es doch nicht Everard erzählen?»

«Wenn Sie es nicht wollen, natürlich nicht. Sie schlagen also das Siegel der Verschwiegenheit vor?»

«Ganz recht.»

«Einverstanden.»

«Ich danke Ihnen! Ich danke Ihnen! Ich bin Ihnen unendlich dankbar. Nun, es ist schon etwas spät; ich denke, wir sollten besser in die Federn kriechen. Also Gute Nacht», sagte er, und schon sauste er die Treppe hinauf wie ein Kaninchen auf dem Heimweg. Und kaum war er gesaust, als ich Tante Dahlia und Jeeves an meiner Seite fand.

"Oh, there you are," I said.

"Yes, here we are," replied the relative with a touch of asperity. "What's kept you all this time?"

"I would have made it snappier, but I was somewhat impeded in my movements by pards."

"By what?"

"Bearded pards. Shakespeare. Right, Jeeves?"

"Perfectly correct, sir. Shakespeare speaks of the soldier as bearded like the pard."

"And," said Aunt Dahlia, "full of strange oaths. Some of which you will shortly hear, if you don't tell us what you're babbling about."

"Oh, didn't I mention that? I've been chatting with Edward Fothergill."

"Bertie, you're blotto."

"Not blotto, old flesh and blood, but much shaken. Aunt Dahlia, I have an amazing story to relate."

I related my amazing story.

"And so," I concluded, "we learn once again the lesson never, however dark the outlook, to despair. The storm clouds lowered, the skies were black, but now what do we see? The sun shining and the blue bird back once more at the old stand. La Fothergill wanted the Venus expunged, and it has been expunged. Voilà!" I said, becoming a bit Parisian.

"And when she finds that owing to your fatheadedness Everard's very valuable picture has also been expunged?"

I h'med. I saw what she had in mind.

"Yes, there's that," I agreed.

"She'll be madder than a wet hen. There isn't a chance now that she'll let me have that serial."

«Ach, da seid Ihr ja», sagte ich.

«Ja, da sind wir», antwortete die Anverwandte mit einem Anflug von Schroffheit. «Wo warst du die ganze Zeit?»

«Ich wäre ja etwas flotter gewesen, aber ich wurde von Pardeln in meiner Bewegungsfreiheit behindert.»

«Von was?»

«Bärtigen Pardeln. Shakespeare. Stimmt's, Jeeves?»

«Völlig richtig, Sir. Der Soldat, sagt Shakespeare, ist ‹wie ein Pardel bärtig›.»

«Und», sprach Tante Dahlia, «‹voll toller Flüch'›, von denen du einige gleich zu hören bekommst, wenn du uns nicht sagst, wovon du eigentlich faselst?»

«Ach, habe ich das nicht erwähnt? Ich habe mit Edward Fothergill geplaudert.»

«Bertie, du bist ja sternhagelblau!»

«Nicht sternhagelblau, altes Fleisch und Blut, aber sehr ergriffen. Tante Dahlia, ich kann eine erstaunliche Geschichte erzählen.»

Und ich erzählte eine erstaunliche Geschichte.

«Und daraus», so schloss ich, «können wir wieder einmal die Lehre ziehen, dass wir niemals verzweifeln sollen, wie düster auch die Aussichten scheinen. Sturmwolken dräuten, finster war das Firmament, aber was erblicken wir jetzt? Die Sonne lacht, und das blaue Vöglein ist zurückgekehrt an seinen alten Ort. La Fothergill wollte, dass die Venus getilgt wird, und sie ist getilgt worden. Voilà!», sagte ich, fast ein bisschen pariserisch.

«Und wenn sie herausbekommt, dass Everards wertvolles Bild dank deiner Gipsköpfigkeit auch getilgt worden ist?»

Ich hm'te. Ich verstand, was sie meinte.

«Ja, da wäre das noch», stimmte ich ihr zu.

«Sie wird wütender sein als ein nasses Huhn. Jetzt ist nicht mehr daran zu denken, dass sie mir den Fortsetzungsroman überlässt.»

"I'm afraid not. I had overlooked that. I withdraw what I said about the sun and the blue bird."

She inflated her lungs, and it could have been perceived by the dullest eye that she was about to begin.

"Bertie —"

Jeeves coughed that soft cough of his, the one that sounds like a sheep clearing its throat on a distant mountain side.

"I wonder if I might make a suggestion, madam?"

"Yes, Jeeves? Remind me," said the relative, giving me a burning glance, "to go on with what I was saying later. You have the floor, Jeeves."

"Thank you, madam. It was merely that it occurs to me as a passing thought that there is a solution of the difficulty that confronts us. If Mr Wooster were to be found here lying stunned, the window broken and both pictures removed, Mrs Fothergill could, I think, readily be persuaded that he found miscreants making a burglarious entry and while endeavouring to protect her property was assaulted and overcome by them. She would, one feels, be grateful."

Aunt Dahlia came up like a rocket from the depths of gloom in which she had been wallowing. Her face, always red owing to hunting in all weathers in her youth, took on a deeper vermilion.

"Jeeves, you've hit it! I see what you mean. She would be so all over him for his plucky conduct that she couldn't decently fail to come through about the serial."

"Precisely, madam."

"Thank you, Jeeves."

"Not at all, madam."

"When, many years hence, you hand in your dinner pail, you must have your brain pickled and pre-

«Das fürchte ich auch. Das hatte ich übersehen. Ich ziehe zurück, was ich über die Sonne und das blaue Vöglein gesagt habe.»

Sie blähte sich auf, und auch für das trübste Auge war erkennbar, dass sie gleich loslegen würde.

«Bertie ...»

Jeeves hüstelte sein leises Hüsteln, das so klingt, als ob sich ein Schaf auf einem fernen Berghang räuspert.

«Dürfte ich vielleicht einen Vorschlag machen, Madam?»

«Ja, Jeeves? Erinnere mich daran», sagte die Anverwandte mit einem sengenden Blick, «nachher mit dem fortzufahren, was ich gerade sagte. Sie haben das Wort, Jeeves.»

«Danke, Madam. Mir ist nur beiläufig der Gedanke gekommen, dass es doch eine Lösung für das anstehende Problem gibt. Wenn man Mr Wooster betäubt hier liegen fände, das Fenster zerbrochen und beide Bilder entfernt, dann könnte Mrs Fothergill meines Erachtens leicht davon überzeugt werden, dass er Schurken beim Einbruch ertappt hat und als er ihr Eigentum zu schützen bemüht war, angegriffen und überwältigt wurde. Sie wäre vermutlich dankbar dafür.»

Tante Dahlia tauchte aus den Abgründen der Schwermut, der sie sich eben noch hingegeben hatte, wie eine Leuchtrakete empor. Ihr Gesicht, das dank der Fuchsjagden bei Wind und Wetter seit ihrer Jugend stets gerötet war, nahm einen noch tieferen Zinnoberton an.

«Jeeves, das ist es! Ich weiß genau, was Sie meinen. Sie wäre so hingerissen von seinem couragierten Verhalten, dass ihr der Anstand gebieten würde, ihre Zustimmung wegen des Fortsetzungsromans zu geben.»

«Ganz recht, Madam.»

«Danke, Jeeves!»

«Keine Ursache, Madam.»

«Wenn Sie dereinst mal Ihren Löffel abgeben, dann müssen Sie Ihr Gehirn konservieren lassen und der Na-

sented to the nation. It's a colossal scheme, don't you think, Bertie?"

I had been listening to the above exchange of remarks without a trace of Aunt Dahlia's enthusiasm, for I had spotted the flaw in the thing right away – to wit, the fact that I was not lying stunned. I now mentioned this.

"Oh, that?" said Aunt Dahlia."We can arrange that. I could give you a tap on the head with … with what, Jeeves?"

"The gong stick suggests itself, madam."

"That's right, with the gong stick. And there we'll be."

"Well, good-night, all," I said. "I'm turning in."

She stared at me like an aunt unable to believe her ears. "You mean you won't play ball?"

"I do."

"Think well, Bertram Wooster. Reflect what the harvest will be. Not a smell of Anatole's cooking will you get for months and months and months. He will dish up his Sylphides à la crème d'Écrevisses and his Timbales de Ris de Veau Toulousaines and what not, but you will not be there to dig in and get yours. This is official."

I drew myself to my full height.

"There is no terror, Aunt Dahlia, in your threats, for … how does it go, Jeeves?"

"For you are armed so strong in honesty, sir, that they pass by you like the idle wind, which you respect not."

"Exactly. I have been giving considerable thought to this matter of Anatole's cooking, and I have reached the conclusion that the thing is one that cuts both ways. Heaven, of course, to chew his smoked offerings, but what of the waistline? The last time I enjoyed your

tion vermachen. Das ist ein phänomenaler Plan, was, Bertie?»

Ich hatte dem obigen Wortwechsel ohne die Spur von Tante Dahlias Enthusiasmus zugehört, denn mir war sofort der schwache Punkt des Ganzen aufgefallen – will sagen, die Tatsache, dass ich nicht betäubt dalag. Ich wies jetzt darauf hin.

«Ach, das?», sagte Tante Dahlia. «Das können wir schon einrichten. Ich könnte dir eins auf den Kopf geben mit … womit, Jeeves?»

«Der Gong-Schlegel bietet sich an, Madam.»

«Richtig, mit dem Gong-Schlegel. Und schon haben wir's.»

«Also gute Nacht allerseits», sagte ich. «Ich krieche in die Federn.»

Sie starrte mich an wie eine Tante, die ihren Ohren nicht traut.

«Heißt das, du willst nicht mitmachen?»

«Heißt es.»

«Überleg es dir genau, Bertram Wooster. Bedenke, was dir das einbringt. Auf Monate hinaus keinen Duft von Anatoles Kochkunst. Er wird seine Sylphides à la crème d'Écrevisses und seine Timbales de Ris de Veau Toulousaines und wer weiß was auftischen, aber du wirst nicht dabei sein, um reinzuhauen und dir deine Portion zu holen. Das ist amtlich.»

Ich reckte mich zu meiner vollen Größe empor.

«Dein Droh'n hat keine Schrecken, Tante Dahlia, denn … wie geht es weiter, Jeeves?»

«Denn Sie sind so bewehrt durch Redlichkeit, Sir, dass es vorbeizieht wie der leere Wind, der Ihnen nichts gilt.»

«Genau. Ich habe mir das mit Anatoles Kochkunst lange durch den Kopf gehen lassen und bin zu dem Ergebnis gekommen, dass die Sache eine zweischneidige ist. Natürlich ist es himmlisch, seine geräucherten Darbringungen zu kauen, aber was ist mit der Taille? Als ich das letzte Mal während der Sommermonate deine Gastfreundschaft genoss, habe ich um den

hospitality for the summer months, I put on a full inch round the middle. I am better without Anatole's cooking. I don't want to look like Uncle George."

I was alluding to the present Lord Yaxley, a prominent London clubman who gets more prominent yearly, especially seen sideways.

"So," I continued, "agony though it may be, I am prepared to kiss those Timbales of which you speak goodbye, and I, therefore, meet your suggestion of giving me taps on the head with the gong stick with a resolute *nolle prosequi*."

"That is your last word, is it?"

"It is," I said, and it was, for as I turned on my heel something struck me a violent blow on the back hair, and I fell like some monarch of the forest beneath the axe of the woodman.

What's that word I'm trying to think of? Begins with a "c". Chaotic, that's the one. For some time after that conditions were chaotic. The next thing I remember with any clarity is finding myself in bed with a sort of booming noise going on close by. This, the mists having lifted, I was able to diagnose as Aunt Dahlia talking. Hers is a carrying voice. She used, as I have mentioned, to go in a lot for hunting, and though I have never hunted myself, I understand that the whole essence of the thing is to be able to make yourself heard across three ploughed fields and a spinney.

"Berrie," she was saying, "I wish you would listen and not let your attention wander. I've got news that will send you dancing about the house."

"It will be some little time," I responded coldly, "before I go dancing about any ruddy houses. My head —"

Bauch einen ganzen Zoll zugenommen. Ohne Anatoles Kochkunst bin ich besser dran. Ich will doch nicht wie Onkel George
aussehen.»

Hier spielte ich auf den jetzigen Lord Yaxley an, eine heraus-
ragende Figur in den Londoner Clubs, die Jahr für Jahr heraus-
ragender wird, besonders von der Seite betrachtet.

«Wenn es also», fuhr ich fort, «auch schmerzt, so bin ich doch
bereit, den Timbales, von denen du sprachst, den Abschieds-
kuss zu geben. Für meinen Teil begegne ich daher deinem Vorschlag, mir mit dem Gong-Schlegel eins auf den Kopf zu geben,
mit einem entschiedenen *nolle prosequi.*»

«Das ist also dein letztes Wort, ja?»

«Das ist es», sagte ich, und das war es, denn als ich mich auf
dem Absatz umdrehte, traf mich ein heftiger Schlag aufs Hin-
terhaupt, und ich stürzte wie ein ehrwürdiger Baumriese unter
der Axt des Holzfällers.

Wie heißt nur das Wort, an das ich mich zu erinnern versuche?
Fängt mit «c» an. Chaotisch, das ist es. Eine Zeit lang danach
war alles chaotisch. Das Nächste, an das ich mich mit einiger
Klarheit erinnere, ist, dass ich in meinem Bett lag und irgendetwas neben mir ständig dröhnte. Als sich die Nebel gelichtet
hatten, diagnostizierte ich dies als das Reden Tante Dahlias. Sie
besitzt eine tragende Stimme. Früher ging sie, wie ich schon
erwähnte, gern und oft auf die Fuchsjagd. Ich selbst bin zwar
nie auf der Jagd gewesen, habe mir aber sagen lassen, das Ent-
scheidende dabei sei, dass man sich quer über drei gepflügte
Äcker und ein Gehölz hinweg vernehmen lassen kann.

«Bertie», sagte sie gerade, «ich wünschte, du würdest mir zu-
hören und nicht dauernd mit den Gedanken woanders sein. Ich
habe Neuigkeiten für dich, dass du durchs Haus tanzen wirst.»

«Es wird ein Weilchen dauern», entgegnete ich kühl, «bevor
ich wieder durch irgendein dussliges Haus tanzen kann. Mein
Kopf …»

"Yes, of course. A little the worse for wear, no doubt. But don't let's go off into side issues, I want to tell you the final score. The dirty work is attributed on all sides to the gang, probably international, which has been lifting pictures in these parts of late. Cornelia Fothergill is lost in admiration of your intrepid behaviour, as Jeeves foresaw she would be, and she's giving me the serial on easy terms. You were right about the blue bird. It's singing."

"So is my head."

"I'll bet it is, and as you would say, the heart bleeds. But we all have to make sacrifices at these times. You can't make an omelette without breaking eggs."

"Your own?"

"No, Jeeves's. He said it in a hushed voice as he stood viewing the remains."

"He did, did he? Well, I trust in future ... Oh, Jeeves," I said, as he entered carrying what looked like a cooling drink.

"Sir?"

"This matter of eggs and omelettes. From now on, if you could see your way to cutting out the former and laying off the latter, I should be greatly obliged."

"Very good, sir," said the honest fellow. "I will bear it in mind."

«Jaja, natürlich. Zweifellos ein bisschen mitgenommen. Aber wir wollen uns nicht in Nebensächlichkeiten verlieren, ich möchte dir das Endresultat mitteilen. Die Schandtat schreibt man allseits der Bande zu, vermutlich international organisiert, die hier in letzter Zeit Bilder geklaut hat. Cornelia Fothergill hegt grenzenlose Bewunderung für dein unerschrockenes Verhalten, wie Jeeves schon vorausgesagt hat, und sie überlässt mir den Fortsetzungsroman zu günstigen Bedingungen. Du hattest recht mit dem blauen Vöglein. Es zwitschert.»

«Mein Kopf auch.»

«Das glaube ich, und mir blutet, wie du sagen würdest, das Herz. Aber in solchen Fällen müssen wir alle Opfer bringen. Man kann kein Omelett machen, ohne Eier zu zerbrechen.»

«Von dir?»

«Nein, von Jeeves. Er sagte es mit andächtigem Flüstern, als er dastand und die Überreste besah.»

«Soso … Na, ich glaube, in Zukunft … Ach, Jeeves», sagte ich, als er eintrat und etwas brachte, das wie ein Erfrischungstrank aussah.

«Sir?»

«Wegen dieser Eier und Omeletts. Wenn Sie künftig freundlicherweise die Ersteren streichen und die Letzteren weglassen wollten, wäre ich Ihnen sehr verbunden.»

«Sehr wohl, Sir», erwiderte der redliche Geselle. «Ich werde daran denken.»

Die Gegenüberstellung von englischem Original und deut-
schem Text in diesem Bändchen fordert den kritischen Vergleich zwischen beiden geradezu heraus. Dieses Nachwort soll
bei einem solchen Vergleich behilflich sein, indem es anhand
von Beispielen auf verschiedene Übersetzungsprobleme hin-
weist und einige Anmerkungen zum Übersetzungsverfahren
macht.

Eine Übersetzung sollte zwar nach Möglichkeit dem Wortlaut der Vorlage folgen, aber da auch scheinbar einfache Wörter zweier Sprachen nur selten in Bedeutung und Anwen-
dung genau übereinstimmen, genügt es meist nicht, einfach
für jedes englische Wort ein deutsches einzusetzen, womög-
lich noch in derselben Wortart. Wer so verfährt, produziert
entweder «Übersetzerdeutsch», aus dessen unidiomatischen
Formulierungen man noch die fremdsprachigen Konstruktio-
nen heraushört, oder er übersetzt am Sinn des Originals vorbei. «Mein Onkel hätte nichts von dieser Art in seinem Hause vorkommen lassen» ist Übersetzerdeutsch für «My uncle
wouldn't have let anything of that kind go on in his house»
(S. 18). Immerhin, man versteht noch, was gemeint ist. Übersetzt man dagegen «sticky wicket» (S. 64) wortwörtlich als
«klebriges Pförtchen», so ist das Ergebnis schlichter Unsinn.
    Vor allem gilt es also, in der Übertragung den Sinn des Ori-
ginals richtig wiederzugeben und gleichzeitig den deutschen
Sprachgebrauch zu beachten. Dabei muss sich unter Umstän-
den die deutsche Version vom englischen Wortlaut entfernen.
Nehmen wir etwa den Anfang von *Sticky Wicket at Blandings*. Da heißt es: «The sky was blue, the sun yellow, butterflies flitted ... » (S. 64). Das Verb *to flit* bezeichnet nun eine
kurze, schnelle Bewegung, wie sie auch Schmetterlinge aus-

führen. Im Deutschen sagt man aber nicht, dass Schmetterlinge flitzen oder huschen oder flattern; das übliche Wort ist *gaukeln*, und so müssen wir der Idiomatik zuliebe sozusagen die englischen Schmetterlinge ein bisschen langsamer fliegen lassen. Noch deutlicher werden die Abweichungen vom englischen Wortlaut bei allen stehenden Wendungen und Redensarten, den sogenannten «Idioms». Anstelle von formalen müssen hier funktionale Entsprechungen gesucht werden. Als Tante Dahlia ihren Neffen fragt, ob er nüchtern sei, antwortet er: «As a judge» (S. 104) in Anspielung auf die Redensart *as sober as a judge*. Hierzulande heißt es aber nicht, jemand sei nüchtern wie ein Richter, sondern *stocknüchtern*. Die funktional entsprechende Antwort ist deshalb in der Übersetzung: «Wie ein Stock.» Betrachten wir noch ein weiteres Beispiel. Bertie Wooster sagt über seinen Onkel Willoughby, der nach einer wildbewegten Jugend scheinbar zur Ruhe gekommen ist: «He was rather a good instance of what they say about its being a good scheme for a fellow to sow his wild oats» (S. 18). Mit einer wörtlichen Übersetzung («seinen wilden Hafer aussäen») ist da nichts zu erreichen, denn die Bedeutung dieses Idioms ist laut *Concise Oxford Dictionary* «indulge in youthful follies before becoming steady». Eine Redewendung, die diese beiden Gedanken enthält, scheint es bei uns nicht zu geben. Um nun einerseits den Sinn dieser idiomatischen Wendung vollständig wiederzugeben, andererseits den Anklang des Altbekannt-Redensartlichen zu erhalten, wurde eine recht freie Übersetzung gewählt: «Er war ein schönes Beispiel dafür, dass es gut ist, wenn sich einer, wie man so sagt, als junger Kerl die Hörner abstößt, damit er im Alter zur Ruhe ...»

Manchmal ist es jedoch schwierig, für einen englischen Ausdruck einen sinnentsprechenden deutschen zu finden. Das gilt vor allem für Wörter, die eng mit dem kulturellen und sozialen Hintergrund Englands verbunden sind, also etwas «typisch Englisches» bezeichnen. Hin und wieder kann man

so ein Wort um des Lokalkolorits willen stehen lassen, etwa *yard* oder *Colonel*. In anderen Fällen muss durch einen erklärenden Zusatz explizit gemacht werden, was sich für einen englischen Leser von selbst versteht. Dass zum Beispiel Tante Dahlia früher gerne auf die «Fuchsjagd ritt», wird in der Übersetzung eigens erwähnt, während es im englischen Text genügt, zu sagen «she used to go in for hunting» (S. 146). Manches aber geht beim Übersetzen einfach verloren. Weshalb der Abend nach der «Regatta» (S. 123) für Bertie Wooster ein Anlass sein sollte, über die Stränge zu schlagen, ist für einen deutschen Leser kaum einzusehen; der Engländer dagegen weiß, dass mit «Boat Race» der traditionsreiche Ruderwettkampf zwischen Oxford und Cambridge gemeint ist, dessen Ausgang keinen Absolventen dieser Universitäten kaltlässt.

Den Inhalt des Originaltextes im Deutschen richtig wiederzugeben, ist also gewiss unerlässlich. Aber das allein macht noch keine literarische Übersetzung aus. Die sprachliche Form, der Stil, der Ton eines Werkes verdienen mindestens ebenso viel Beachtung, und sie stellen den Übersetzer wohl auch vor die schwersten Aufgaben.

Verhältnismäßig leicht hat man es noch mit den Zitaten aus Shakespeare, Keats und Tennyson, die Wodehouse hin und wieder so wirkungsvoll an den unpassendsten Stellen einstreut. Sie klingen natürlich einem englischsprachigen Leser vertrauter im Ohr als einem deutschen, aber zumindest lässt sich ihr Zitatcharakter andeuten, indem man die entsprechenden Übersetzungen des 19. Jahrhunderts von Schlegel-Tieck u. a. verwendet. Sätze wie «Der Soldat ist wie ein Pardel bärtig und voll toller Flüch'» (S. 141) heben sich durch ihre altertümlichen Ausdrücke erkennbar vom übrigen Text ab.

Schwieriger ist es schon mit den Dialogen. Um für deren Übersetzung einen natürlichen Gesprächston zu finden, muss

man immer wieder versuchen, sich vorzustellen, wie sich diese Person in derselben Situation auf Deutsch ausgedrückt hätte. Oft genügt es bereits, ein *denn* oder *ja* einzufügen, also «Was will sie denn?» für «What does she want?» («Was will sie?» wäre viel zu schroff) oder «Du bist ja verrückt!» für «You're mad!». Aber weder Wörterbuch noch Grammatik können hier helfen. Letztlich muss die vage Instanz des Sprachgefühls entscheiden, ob etwas wie gesprochene Sprache klingt.

Die eigentlichen Stilfragen sind es aber, die dem Wodehouse-Übersetzer das meiste Kopfzerbrechen bereiten, denn gerade das Jonglieren mit Wörtern, die Stilbrüche, der dauernde Wechsel von salopp-alltäglichen und gewählt-förmlichen Ausdrücken machen ja die besondere Komik dieser Erzählweise aus, und dem sollte eine Übersetzung nach Möglichkeit Rechnung tragen. Wodehouse überträgt zum Beispiel gerne Redewendungen, die nur in einem ganz bestimmten Kontext üblich sind, in einen ungewohnten neuen Zusammenhang, etwa wenn er Bertie Wooster über seinen Zusammenprall mit Edward Fothergill in der Sprache der Seeleute sagen lässt «he rammed me between wind and water» (S. 134). «Zwischen Wind und Wasser» würden Landratten hierzulande wohl nicht verstehen. Deshalb bleibt nur die Wahl zwischen dem sinngemäßen, aber stilistisch neutralen «in der Magengrube» und dem seemännischen, wenngleich im technischen Sinn abweichenden «mittschiffs». Um die stilistische Wirkung zu erhalten, wurde für die vorliegende Übersetzung das Letztere gewählt.

Des komischen Effektes wegen greift Wodehouse auch öfters, wenn es um triviale Dinge geht, zu entlegenen Wörtern, die eher der förmlichen Schriftsprache angehören als der gesprochenen Sprache.

Obwohl legitime Bestandteile des Englischen, lassen solche *hard words* oft auch den Engländer stutzen, wie Bertie zu erkennen gibt, der, als ihm das Wort «inception»

herausrutscht, gleich vorsichtig hinzufügt «if that's the word I want» (S. 64). Und als das Wort «demur» fällt, fragt er ratlos zurück «dewhat?» (S. 106). Nun gibt es aber im Deutschen für *Anfang* und *zögern* keine Synonyme, die zu ähnlichen Verständnisschwierigkeiten führen könnten, sodass man in der Übersetzung gelegentlich zu Archaismen oder Fremdwörtern greifen muss. Darum ist aus «at the time of its inception» im Deutschen «als das alles anhub» geworden, und für «demur» bot sich «Sperenzien machen» an. Wo solche Lösungen nicht möglich sind (denn Fremdwörter wie Archaismen haben ja bei uns einen anderen Status als die *hard words* im Englischen), da muss der Übersetzer Kompromisse schließen und sich mit stilistisch neutralen Übertragungen behelfen, etwa mit «Einsamkeit und Ruhe» für das gewähltere «solitude and repose» (S. 12) oder mit «Sackgasse» für «impasse» (S. 106). Zum Ausgleich kann er, sofern es der Kontext gestattet, an anderer Stelle die Stilebene ein wenig anheben und aus «Lady Constance's face» (S. 100) ein «Antlitz» oder aus «skies» (S. 140) ein poetisches «Firmament» machen.

Auch die schnoddrige, mit allerlei Jargon und Amerikanismen angereicherte Redeweise Bertie Woosters ist im Deutschen nicht immer leicht zu treffen. Wenn er von seinen Freunden im Club als «the lads» spricht (S. 16), so lässt sich das weder mit «Herren» oder «Kameraden» wiedergeben, da das zu sehr nach Offizierskasino klingt, noch mit «Kollegen» oder gar «Kumpels». Selbst «Jungs», das in dieser Übersetzung verwendet wurde, entspricht in seinem sozialen Anwendungsbereich dem englischen lads nicht genau. Außerdem vermischt sich bei uns Umgangssprachliches leicht mit Regionalsprachlichem, sodass man darauf achten muss, «kid» nicht etwa mit «Gör» oder «Bub» zu übersetzen und auf diese Weise Blandings Castle nach Berlin oder Süddeutschland zu verlegen.

Bei dem bisher Gesagten ging es um die Schwierigkeit, P. G. Wodehouse mit üblichen Mitteln ins Deutsche zu übertragen. Zum Abschluss sei noch ein Wort gesagt zur Übersetzung solcher Stellen, an denen Wodehouse bewusst von der sprachlichen Norm abweicht. An einer Stelle zum Beispiel bemerkt Bertie plötzlich die Anwesenheit Tante Dahlias «in my midst» (S. 130). Diese ungewöhnliche Konstruktion (in … midst ist nur mit Pluralpronomen üblich), lässt sich im deutschen Text wohl nicht nachbilden, denn «ihre Anwesenheit mitten unter mir» klingt dann doch zu absonderlich. Und ein anderes Mal sagt Bertie von Jeeves «Unless I nipped him in the bud, he would be starting to boss me» (S. 16). Sinngemäß heißt das, er müsse von Anfang an allen Versuchen Jeeves' entgegentreten, ihn zu bevormunden. Die besondere Wirkung dieser Formulierung beruht aber darauf, dass Wodehouse eine Redewendung, die gewöhnlich nur auf Vorgänge angewandt wird (z.B. *The revolt was nipped in the bud*), hier auf eine Person bezieht, also ein schiefes Bild herstellt. «Wenn ich ihn nicht im Keim ersticke» entspricht dem ziemlich genau, klingt aber ein bisschen zu drastisch. Deshalb sagt Bertie in der deutschen Fassung, dass er «dem Burschen in seinen Anfängen wehren müsse», womit die von Wodehouse gewollte Stilblüte durch eine andere ersetzt wäre.

Von keiner Übersetzung kann behauptet werden, sie werde ihrer Vorlage vollkommen gerecht. Auch für die vorliegende Wodehouse-Übertragung folgt aus den Kommentaren dieses Nachwortes keinesfalls ein Anspruch auf Vorbildlichkeit. Es ging lediglich darum, die Arbeit des Übersetzers zu veranschaulichen, für den Jeeves' Maxime gilt: «I endeavour to give satisfaction.»

Harald Raykowski